Vielen Dank an Horst Falker, dem Bibliotheksleiter der Geisenheimer Stadtbücherei, der uns die Türen zum Kulturtreff „Die Scheune" aufgeschlossen hat, wo wir zum Schreiben zusammenkommen konnten!

Leila Emami (Hrsg.)

Scheunentexte

Texte aus der Schreibwerkstatt des
Geisenheimer Kulturtreffs „Die Scheune"

unter der Leitung von Leila Emami

Bibliographische Informationen der Deutschen Nationalbibliothek: Die Deutsche Nationalbibliothek verzeichnet diese Publika-
tion in der Deutschen Nationalbibliografie, detaillierte bibliogra-
fische Daten sind im Internet über http://dnb.dnb.de aufrufbar.

Herstellung und Verlag
BoD-Books on Demand, Norderstedt
ISBN: 9783739208084

Inhaltsverzeichnis

Vorwort

Aus der Überzeugung heraus, dass das Schreiben, neben den anderen musischen Disziplinen wie das Musizieren und Malen ein wundervolles Hobby ist, das den Geist stärkt und die Kreativität fördert, finden im schönen Rheingau, genauer gesagt im Geisenheimer Kulturtreff „Die Scheune" regelmäßig Schreibkurse statt.

Bei diesen Schreibkursen geht es darum, die Geschichten, die in jedem von uns schlummern, mit den Methoden des kreativen Schreibens zu wecken. Im ersten Schritt entsteht die Rohfassung einer Geschichte und die Teilnehmer erleben fern von Leistungsdruck und Wettbewerb das Vertrauen in ihre eigene Schöpferkraft und staunen über die Geschichten, die sie zu Papier bringen.

Im zweiten Schritt werden die Gesetze eines Genres, z.B. die des Märchens oder der Liebesgeschichte erläutert und erklärt, wie Kurzgeschichten funktionieren. Mit diesem Wissen nehmen die Geschichten Formen an. Im nächsten Schritt steht das Überarbeiten der Texte: das Feilen an der Handlung, den Figuren, der Sprache und der Orthografie.

Auf diese Weise entstand das vorliegende Buch „Scheunentexte" mit Geschichten aus den Schreibkursen:

- Märchen

- Liebesgeschichte

- Weihnachtserinnerungen

Wir, die Autorinnen und die Kursleiterin Leila Emami wünschen Ihnen viel Freude mit den ersten „Scheunentexten".

Teil I
Märchen

Der Feenquell

von Beatrix Gietz

Es war einmal eine arme Witwe, die lebte mit ihren beiden Kindern in einer armseligen Hütte mit einem Garten und einem Weinberg weit weg vom Dorf, oben am Hang über dem Fluss. Sie versuchte, mit dem zurechtzukommen, was sie im Garten und im Weinberg erntete und im Wald sammeln konnte. Das war gerade so viel, dass sie und die Kinder nicht verhungerten.

Als es eines Sommers einfach nicht regnen wollte und der Garten zu vertrocknen drohte, erinnerte sich die Witwe, dass im Dorf von einer Quelle erzählt wurde, die nah bei ihrem Haus im Wald sein sollte. Sie beschloss, mit ihren Kindern nach der Quelle zu suchen.

Aber alles, was sie im Wald fanden, war ein mit Gestrüpp umwuchertes, dunkles Loch mit schmutzigem, stinkendem Wasser. Rund um das Wasserloch war die Erde sumpfig, und es wimmelte nur so von Schlangen, Kröten und anderem Ungeziefer.

„Das kann sicher nicht die Quelle sein", dachte die Witwe, als sie sich über das Loch beugte.

Doch im dunklen Wasser schien sich etwas zu bewegen, und plötzlich schaute sie in das Gesicht einer alten Frau.

„Ich bin die Fee dieser Quelle. Und weil niemand mehr an Feen glaubt, bin ich hier eingeschlossen, und das Wasser wird immer trüber. Bald werden die Quelle und ich ganz verschwunden sein. Nur wenn ein Mensch wieder an mich glaubt und die Quelle reinigt, wird es gutes Wasser geben, und ich bin frei".

Die Witwe hatte zwar Sorgen genug, aber schon als kleines Mädchen liebte sie die Geschichten von Feen und anderen guten Geistern, die ihre Mutter und Großmutter erzählt hatten. Auch ihre Kinder liebten diese Geschichten, und so beschlossen sie, gemeinsam der Fee zu helfen.

Am nächsten Morgen schon machten sie sich an die Arbeit. Sie verscheuchten das Ungeziefer, hackten die Büsche und Sträucher heraus und schöpften das schlechte Wasser ab. Je mehr sie arbeiteten, desto heller wurde das Wasser, und die Fee auf dem Grund des Beckens wurde immer jünger.

Am Ende des Tages erstrahlte ein helles Steinbecken und darin eine wunderschöne Fee, aber es floss kein Wasser.

Wieder sagte ihnen die Fee, was sie tun sollten: „Hinter der alten Eiche, zweihundert Schritte von hier, liegt ein großer Stein. Den müsst ihr bei Vollmond wegnehmen, dann fließt das Wasser wieder."

Als der Vollmond schien und die Kinder schliefen, fasste sich die Witwe ein Herz und ging in den Wald. Wie die Fee gesagt hatte, lag hinter der Eiche ein großer Stein. Aber was sie auch versuchte und wie sie sich auch abmühte, der Stein bewegte sich nicht.

Sie weinte bitterlich, dass sie der Fee nicht helfen konnte, dabei fielen einige Tränen auf den Stein. Da wurde er plötzlich durchsichtig wie Glas, und als sie ihn berührte, zersplitterte er in tausend Stücke, und das Wasser begann wieder zu fließen.

Als sie an das Becken trat und hineinschaute, stiegen vom Boden her feine Bläschen auf, wie in einem Sektglas, dann schoss eine Fontäne in die Höhe, und die Fee trat heraus.

„Für deine Hilfe will ich dich reich belohnen! Komm in der nächsten sternenklaren Nacht wieder zur Quelle und du sollst deinen Lohn erhalten".

Kaum war sie zum befohlenen Zeitpunkt bei der Quelle angekommen, da perlte wieder das Wasser, die Fontäne stieg auf und die Fee trat heraus: „Ich habe gesehen, wie schwer du arbeiten musst und werde dir meinen Diener schicken. Knörzchen ist ein Wingertsgeist, der viel von der Arbeit im Weinberg und im Keller versteht. Er wird dir helfen. Aber von allem, was du mit seiner Hilfe verdienst, musst du ein Viertel an die Armen verschenken."

Am nächsten Morgen erschien ein kleines, rundes Männchen mit roter Nase, einem Korb voll Weinflaschen, einem Korkenzieher am Gürtel und begann, emsig im Weinberg zu arbeiten.

Im Sommer hackte Knörzchen unter den Reben und pflegte den Garten, sodass das Obst und die Trauben besser und schneller wuchsen als je zuvor und dazu auch besonders vorzüglich schmeckten.

Als der Herbst gekommen war, half der Geist die Trauben zu keltern und den Most zu einem besonderen Wein zu vergären. Diese Arbeit schien dem Knörzchen besonders gut zu gefallen, denn er probierte immer ausgiebig.

Im Sommer des nächsten Jahres kam der Landesherr ins Dorf, weil er hier zur Jagd gehen wollte.

Das Knörzchen sagte der Witwe voraus, dass dieser bei ihrer Hütte vorbeikommen würde und sie deshalb einen Krug mit ihrem Wein bereithalten solle, um ihm davon zu reichen.

Am Tag darauf kam tatsächlich die ganze Jagdgesellschaft an der Hütte der Witwe vorbei, und der Landesherr fragte nach einer Erfrischung. Als er von dem Wein getrunken hatte, lobte er ihn über alle Maßen und gab der Witwe vier Goldstücke für das ganze Fass.

Wie ihr die Fee aufgetragen hatte, gab die Witwe den Armen des Dorfes ein Goldstück davon ab.

Als der Landesherr zu Hause den Wein trank, stellte er fest, dass der Wein immer genau so schmeckte, wie man ihn gerade liebte. Wer gern trocken trank, dem schmeckte er trocken und wer gerne mild trank, dem schmeckte er mild. Man konnte auch davon trinken, so viel man wollte, ohne Kopfschmerzen zu bekommen. Trank man den Wein in Gesellschaft, konnte man spüren, ob der andere die Wahrheit sagte oder log, und wenn Speisen Gift enthielten, konnte man sie trotzdem essen, denn der Wein heilte die Vergiftung sofort.

Er war so gut, dass der Ausdruck „der schmeckt wie der Feenquell" mit der Zeit das höchste Lob für einen Wein wurde und der Landesherr fortan allen Wein bei der Witwe kaufen ließ.

Und so lebte sie mit ihren Kindern glücklich und zufrieden. Der Geist Knörzchen sorgte für den Weinberg und den Wein und wurde dabei immer runder und seine Nase immer roter.

Aber, wie das so ist, glauben nicht alle Menschen nicht an die Macht der Geister und Feen.

Nachdem die Witwe und ihre Kinder gestorben waren, geriet der Pakt mit der Fee aus der Quelle in Vergessenheit, und auch Knörzchen ließ sich immer seltener blicken.

Ein Urenkel der Witwe war sich sicher, dass nur die richtige Behandlung der Trauben, wie er es an der hohen Akademie gelernt hatte, den Wein so gut mache und nicht irgendein Geist, weshalb er auch keine Spenden an die Armen abgeben müsse.

Doch wie er sich auch bemühte, welche Mittel er auch anwandte, der Wein vom Feenquell verwandelte sich im Glas zu Essig. Er war weder zu trinken, noch zu verkaufen, und die Familie verlor ihr Vermögen.

Der Weinberg am Feenquell wurde mehr und mehr vernachlässigt, bis er eines Tages ganz vergessen wurde. Es blieben nur ein paar verwilderte Rebstöcke, ein paar Obstbäume und ein verlassenes Haus, an dem der Zahn der Zeit nagte.

Vielleicht findet ihr im Wald, nahe einem Weinberg, wo eine verfallene Hütte steht, ein sumpfiges Loch? Dann schickt die Fee ihr kleines, rundes Knörzchen mit der roten Nase und dem Korkenzieher am Gürtel sicher auch zu euch, wenn ihr ihr helft.

Die Kräuterheide

von Gerlinde Emami

Es war einmal eine junge Frau. Sie lebte alleine, abgeschieden vom Dorf. Ihr kleines Haus - schon reparaturbedürftig - stand am Fuße eines bewaldeten Hügels, direkt am Eingang zu einem lieblichen Tal, das von einem klaren Bächlein durchzogen war.

Heidrun, so hieß die junge Frau. Sie war von zierlicher Gestalt, ihre Gesichtszüge waren ebenmäßig. Sie hatte geheimnisvoll glänzende, blaue Augen und glattes, langes, blondes Haar, das sie zu einem Zopf geflochten trug. Über ihrer hübschen, bestickten weißen Bluse trug sie einen grobgewebten, leinenen Überwurf mit Kapuze und einen langen, bunten Rock. Die Füße in den selbstgestrickten Strümpfen steckten in grobem Schuhwerk.

Sie war ganz alleine auf der Welt. Das einzig Wertvolle, das sie besaß, war ein wundersames Kräuterbuch, das sie immer wieder studierte und das ihr half, den Lebensunterhalt mit dem Verkauf von Kräutern zu verdienen. Im Dorf nannte man sie die Kräuterheide, denn sie kannte alle Kräuter und Kräutlein, ob gut, ob böse, ob zum Nutzen oder auch zum Schaden der Menschen.

Da Heidrun aber fromm war und keinen Arg kannte, half sie mit ihrem Wissen nur zum Nutzen der Menschen. Samstags brachte sie die Kräuter in einem großen Korb, den sie auf dem Rücken trug, auf den Markt. Säuberlich waren die verschiedenen Pflanzen gebündelt. Es gab solche zum Teebereiten, solche zum Würzen der Speisen, aber auch Heilpflanzen für allerlei Gebrechen.

Anselm, ein kauziger Alter mit von Falten zerfurchtem Gesicht und krummer Gestalt, bot neben Heidrun allerlei Plunder feil. Immer wenn Heidrun ihre Kräuter ausbreitete, kam Anselm, begrüßte sie freundlich, begutachtete ihre Ware, roch hier daran und probierte dort ein Blättlein. Dann nickte er Heidrun freundlich zu und hinkte wieder an seinen Platz. Neben Heidrun bot eine Frau Töpferwaren an. Sie hatte ein verkniffenes Gesicht, und sehr gefragt war ihre Ware nicht. Neidisch und zornig wurde sie, wenn die Marktbesucher Heidruns Stand belagerten. Die Leute kamen nicht nur zu Heidrun, weil sie hübsch war und ein offenes Wesen hatte, sondern weil sie auch Ratschläge erteilte, wie dieses oder jenes Kraut am besten seine Wirkung entfalten konnte. Auch dass der alte Anselm mit Heidrun ein so gutes Verhältnis hatte und nicht mit ihr, erboste die Frau mit den Töpferwaren maßlos.

Nun trug es sich zu, dass unter dem Vieh eine Seuche wütete, alle Kälber tötete und die Kühe keine Milch mehr gaben. Darauf schien die Frau nur gewartet zu haben. Überall lief sie herum:

„Ich habe die Kräuterheide gesehen, wie sie nachts von Stall zu Stall geschlichen ist!"

Wie ein Lauffeuer ging das Gerücht durch das Dorf, und so erfuhr auch Anselm davon. Er eilte zu Heidruns Hütte so schnell er nur konnte und warnte sie vor den wütenden Dorfbewohnern.

Bevor die aufgebrachte Menge Heidruns Haus erreichte, schnappte sie sich ihr Kräuterbuch und floh in den Wald. Oben vom Hügel aus sah sie, wie junge Burschen ihr Haus in Brand steckten, angefeuert von der johlenden Menge. Voller Entsetzen und wie versteinert verharrte sie hinter einem Baum.

„Heidrun, hier kannst du nicht bleiben", sprach sie jemand plötzlich von hinten an. Sie erschrak zu Tode. Aber der junge Mann sagte: „Hab keine Angst, ich werde dir helfen!"

„Wer bist du?", fragte sie. Er antwortete nur kurz: „Anselm."

Hieß nicht auch der merkwürdige Alte am Nachbarstand so? Aber jetzt konnte sie sich keine Gedanken darüber machen. Und da sie keinen anderen Ausweg sah, beschloss sie, dem Fremden zu folgen. Der junge Mann drängte zur Eile. „Ich weiß ein gutes Versteck für dich. Schnell, folge mir!" Und auf verschlungenen Wegen ging es wie der Wind vorwärts. Heidrun hatte bereits die Orientierung verloren, als sie an eine Schlucht kamen. Hier war sie noch nie gewesen. Ein Wildwasser tobte über die Steine. Aber wundersamerweise passierten sie die Klamm trockenen Fußes, denn Anselm führte sie durch einen geheimen Gang, der von dem Wasser nicht erreicht werden konnte. Als sie hinaustrat, öffnete sich vor ihren Augen ein weites Tal, von hohen Bergen gesäumt. Sie versank im Anblick der in der Abendsonne schimmernden Landschaft.

Sie drehte sich um, aber ihr Retter war verschwunden. Hilflos stand sie da, sie rief, aber niemand antwortete. Der Tag war schon fortgeschritten und sie musste sehen, wo sie über Nacht ein sicheres Lager fand.

Da sah sie auf einmal einen Fuchs, der sie zutraulich anschaute: „Du bist also Heidrun. Anselm hat mir von dir erzählt und mich gebeten, dir beizustehen."

Heidrun wusste nicht mehr, ob sie träumte oder wachte.

„Hier kannst du nicht bleiben! Nimm deine Sachen und komm mir nach. Es ist nicht sehr weit", sprach der Fuchs aufmunternd.

So folgte sie dem Fuchs und bald kamen sie an eine Hütte, die sich an eine Felswand schmiegte. Einladend sah sie aus, und Heidrun musste sich erst einmal auf die Bank vor dem Häuschen setzen.

Sie war sehr erschöpft, aber die Schönheit des Tals, die Stille, das Rauschen des Baches und das Zwitschern der Vögel beruhigten sie immer mehr.

Nach einer erholsamen Nachtruhe fühlte sie sich wieder zu neuen Taten aufgelegt. Mit Eifer begann sie, ihre Umgebung zu erforschen. Vielleicht traf sie wieder auf den Fuchs, oder ... sie wagte kaum zu hoffen, auf den jungen Mann? Nein, aber sie fand duftende Kräuter, die sie noch nirgends gesehen hatte. Sie sammelte sie, und als sie zurück in der Hütte war, holte sie ihr Kräuterbuch. Das Buch gab ihr Auskunft, welch wunderbare Heilpflanzen sie gefunden hatte und wie diese zu nutzen seien. Jetzt war Heidrun ganz in ihrem Element. Sie trocknete, kochte, destillierte und dampfte ein, dass es eine Art hatte. Töpfchen und Tiegelchen zum Aufbewahren gab es zuhauf, die sie dann sorgfältig beschriftete. Ihr Herz war davon erfüllt, wie sie mit diesen Arzneien Menschen helfen würde.

Nach einiger Zeit, als die Einsamkeit begann, sie zu bedrücken, kündigte sich ein Wanderer singend und rufend an. Sie erschrak, aber wie staunte sie, als sie den alten Anselm vom Marktstand erblickte. Mühsam kam er näher, sich auf einen Stock stützend.

Als er sich erfrischt hatte, setzten sich die Beiden auf die Bank vor der Hütte. „Ich habe mir große Sorgen gemacht. Ich freue mich, dich wohlbehalten und gesund zu sehen", sagte der Alte.

Heidrun war erstaunt: „Woher wusstest du, dass du mich hier findest? Ein fremder, junger Mann, der ebenfalls Anselm hieß, hat mich hier in Sicherheit gebracht, und dann war da ein merkwürdiger Fuchs, der sprechen konnte und mir den Weg zu dieser Hütte gezeigt hat."

Der Alte lachte. „Weißt du, ich wurde vor Zeiten von einem bösen Weib verzaubert. Deswegen siehst du mich in der Gestalt eines alten, gebrechlichen Greises. Aber dank einer Alraune, in deren Besitz ich gekommen bin, kann ich für kurze Zeit verschiedene Gestalten annehmen. Für drei Mal reicht die Kraft der Wurzel. Dadurch konnte ich mich wieder in den jungen Mann verwandeln, der ich in Wirklichkeit bin, und dich retten. Wie hätte dir ein alter Mann auch helfen können? Der Weg war lang, und die Zeit der ersten Verwandlung ging zu Ende. So nahm ich schnell die Gestalt eines Fuchses an. Es fiel mir schwer, mich von dir zu trennen, aber die Zeit, bei dir zu bleiben, war noch nicht reif. Doch nun will ich wissen, was du so in der Zwischenzeit gemacht hast."

Sie erzählte ihm von der Fülle der Kräuter und zeigte ihm ihre Ausbeute. Er schien sehr zufrieden.

„Mach mir ein Nachtlager", bat er sie, „morgen wollen wir weitersprechen."

In der Nacht hatte Heidrun einen eigenartigen Traum. Sie träumte, es gäbe ein besonderes Kraut. Gefahrvoll sei es, nach ihm zu suchen. Es würde von einem Geist streng bewacht und nur in einer Vollmondnacht entfalte es seine ganze Zauberkraft. Im Traum berührte sie den alten Mann mit dem Kraut, und er stand vor ihr als der junge, stattliche Helfer in der Not.

Am nächsten Morgen erzählte sie Anselm ihren Traum. Er schaute sie ernsthaft an.

„Sollte wirklich meine Erlösung nahe sein? Ich glaube ganz fest, dass du es schaffst. Denn es muss jemand reinen Herzens sein. Ich hatte ja Gelegenheit, dich als Nachbarin auf dem Markt zu beobachten und weiß nun, dass kein Arg in dir ist. Heute Nacht ist Vollmond. Da sollten wir jetzt Vorbereitungen treffen. Das Kraut wächst auf einer kleinen Lichtung im Wald, und nur dann trägt es eine Blüte, wenn Vollmondstrahlen es bescheinen. Diese Blüte verbreitet einen wunderbaren Duft, für menschliche Nasen allerdings kaum wahrnehmbar. Dank der Alraune kann ich noch ein letztes Mal eine andere Gestalt annehmen und als Hund die Blume wittern. Wir müssen uns aber beeilen."

Während der Alte noch redete, fing er an zu schrumpfen, seine Arme wurden zu Beinen und sein Körper von einem Fell bedeckt, bis vor ihr ein großer Hund stand.

Bei ihren Streifzügen im Tal hatte Heidrun ein besonders stark duftendes Kraut gefunden. Ihr Kräuterbuch hatte ihr Auskunft gegeben, dass eine Essenz daraus sie vor großen Gefahren behüten würde. Diese Essenz bewahrte sie in einem Tiegelchen auf, das sie nun vorsichtshalber einsteckte.

Die Dämmerung brach herein, und Heidrun konnte vor Erschöpfung kaum noch dem Tier folgen. Doch der Hund eilte weiter. Die Nacht zog herauf, und das samtene Licht des Mondes füllte silbern das Tal. Der Hund hatte die Witterung aufgenommen und Heidrun folgte ihm über Stock und Stein quer durch den Wald. Da, auf der Lichtung leuchtete im Mondschein der Blütenkelch einer Blume, die sie noch nie gesehen hatte. Sie wollte darauf zueilen, doch der Hund hielt sie mit seinen Zähnen am Rock fest, und langsam erhielt der Alte seine Gestalt zurück.

„Bleib stehen! Die Lichtung ist ein Morast, und du wirst unweigerlich versinken. Sieh her, hier und da sind feste Grasbüschel, du musst von einem zum anderen springen, um die Blume zu erreichen. Ich darf dir dabei nicht helfen. Überleg es dir noch einmal, es wird sehr gefährlich für dich werden."

Aber Heidrun war mit ihren Gedanken schon beim ersten Sprung. Nach mehreren Sätzen erreichte sie die Blume. Wunderschön war sie, und Heidrun vergaß über diesem Anblick, warum sie hier war. Da hörte sie Anselm rufen. Sie erwachte aus ihrem Erstaunen und wollte die Blume brechen. Doch dunkler Nebel verhüllte plötzlich alles, sodass sie nicht einmal mehr die Hand vor Augen sah. Sie erschrak sehr. „Was ist das?", rief sie angstvoll.

„Ich bin der Geist, der die kostbare Blume bewacht. Jeder, der sie nur berührt, muss im Morast versinken und sterben. Wieso konntest du überhaupt bis hierher kommen, und was willst du mit meinem Schatz?", rief die Stimme aus dem Nebel.

„Ich will die Blume nicht für mich, ich will sie für Anselm, denn nur durch sie kann er erlöst werden."

Der Geist wollte Heidrun um jeden Preis am Brechen der Blume hindern. Er wuchs aus dem Nebel zu einer riesengroßen, grauenhaften Gestalt heran und schrie: „Du wirst sterben, wenn du die Pflanze auch nur berührst."

Heidrun erstarrte vor Angst und wusste sich nicht zu helfen, da erinnerte sie sich an ihr Tiegelchen. Könnte die Essenz ihr helfen? Schnell öffnete sie es und staunte. Durch den Duft, den der Inhalt verbreitete, konnte der Geist nicht näher als drei Schritte an sie herankommen, wie stark er es auch versuchte. Sie streckte die Hand aus und pflückte die Blume. Im selben Moment fiel der Geist in sich zusammen, und seine Macht war gebrochen. Heidrun graute es aber vor dem Rückweg und dem tiefen Morast. Aber wunderbarerweise hatte sich das Moor in festen Boden verwandelt. Mit dem Geist war auch der Sumpf verschwunden, und der Mond leuchtete ihr den Weg zurück.

Anselm hatte gehofft und gebetet, dass Heidrun gesund zurückkommen würde. Da hörte er Schritte, und schon stand sie vor ihm. Sie berührte ihn mit der wunderschönen Blume, und vor ihren Augen vollzog sich die Wandlung von einem gebrechlichen Greis in einen schönen, jungen Mann.

Sie sahen sich an, und Liebe entbrannte in ihren Herzen. Sie umarmten sich und lebten lange glücklich zusammen. Und wenn sie nicht gestorben sind, so leben sie noch heute.

Die weite Welt

von Katrin Redlich

Es war einmal eine junge Frau in einem kleinen, idyllischen Dorf am Meer. Sie war, seit sie denken konnte, verliebt in den Nachbarsjungen Johann. Als wären sie einander versprochen, verbrachten sie jede freie Minute zusammen und träumten von einer gemeinsamen Zukunft.

Eines Tages kam ein Fremder namens Nathan in das Dorf und erzählte vom aufregenden Leben in der großen Stadt. Er berichtete in so farbenfrohen Bildern und zog Hannah so sehr in den Bann, dass sie sich ihm nicht mehr entziehen konnte. Sie wollte schließlich mit ihm in die große weite Welt ziehen, um alles über Literatur zu erfahren. Über die großen Dichter und Philosophen, um später in ihrem Dorf die kleine Schule weiterführen zu können, wenn der alte Mister Pott nicht mehr da sein würde.

Und sie wollte die Stadt sehen. Aber sie konnte die ganze Nacht nicht schlafen und bekam es mit der Angst zu tun. Würde Johann auf sie warten, bis sie zurück kam?

Erst als Nathan ihr versprach, sie zurückzubringen, wann immer sie es wünschte, betrat sie sein Schiff. Und während er ihr unter Deck alles zeigte, hatten die Matrosen längst Segel gesetzt und es gab für Hannah kein Zurück mehr. Als sie wieder an Deck kam, war die Küste schon fast im Morgennebel verschwunden und so segelte sie mit dem Fremden auf seiner alten Dhow bis ans Ende des Ozeans.

Nach einer stürmischen Überfahrt gingen sie an Land und Hannah kam aus dem Staunen nicht mehr heraus. Die Häuser waren so groß, wie sie sie nie zuvor gesehen hatte und auf den Straßen fuhren so viele glänzende und schicke Kutschen, dass sie sie nicht zählen konnte. Diese Stadt war ein Meer aus Lichtern, so bunt, so grell und laut, dass ihr schwindelig wurde und sie sich an Nathan anlehnen musste.

Eine blankgeputzte schwarze Kutsche mit zwei glattgestriegelten schwarzen Pferden brachte sie zu seinem Haus, welches zehnmal größer war, als sie es sich vorgestellt hatte.

Es hatte mehr Zimmer, als sie je in einem einzigen Haus gesehen hatte und mehr Personal als Bewohner. In dem Zimmer, das Nathan für sie hatte vorbereiten lassen, stand ein so überdimensionales Himmelbett, dass sie sich darin wie ein kleines Kind vorkam. Obwohl sie ziemlich müde von der Reise war, ließ das bunte Chaos in ihrem Kopf sie nicht zur Ruhe kommen.

Am späten Morgen brachte ihr Nathan ein üppiges Frühstück ans Bett und zeigte ihr anschließend die Stadt. Es war alles noch viel bunter und lauter und schriller als am Abend zuvor, und Hannah wusste überhaupt nicht, wo sie zuerst hinschauen sollte. So sah es also aus, das Leben in der großen, weiten Welt.

Schon bald kam ein Philosophieprofessor, um sie täglich zu unterrichten und abends, wenn Nathan von seinen Geschäften nach Hause kam, gingen sie oft aus. Er schleppte sie durch die ganze Stadt, kaufte ihr schöne Kleider und Schmuck und behandelte sie wie eine Prinzessin. Aber er ließ sie nie aus den Augen, und wenn er nicht da war, durfte sie das Haus nicht verlassen und wurde von seinem Personal überwacht, damit sie bloß nicht die große Bibliothek betrat. Es gab nur einen, der sie je von innen gesehen hatten und das war Nathan.

Ein paar Wochen später wachte sie mitten in der Nacht mit starken Schmerzen im Unterleib auf und weil Nathan nicht zu Hause war, rief die grummelige Haushälterin einen Arzt.

Bei all dem Stress und den neuen Eindrücken, die sie verarbeiten musste, hatte sie nicht bemerkt, dass sie schwanger gewesen war. Da Nathan sie in Ruhe gelassen hatte, musste das Baby von Johann gewesen sein.

Als sie Stunden später erschöpft in dem riesigen Bett aufwachte, gab es kein Kind mehr, aber Nathan saß an ihrer Seite und redete ihr ein, dass sie jetzt endlich frei sei. Frei für ihn und für ihr neues Leben.

Aber Hannah fühlte sich einsam in der Großstadt und wollte nur noch weg. Die Erinnerung an zu Hause, die Sehnsucht nach Johann, ihrem Liebsten, und der Verlust ihres Kindes begannen an ihrer Seele zu fressen.

Doch Nathan ließ sie nicht gehen. Er hatte sein Versprechen gebrochen. Gefangen in seinem goldenen Käfig, versuchte sie verzweifelt zu entkommen. Doch es gab keinen Ausweg. Da wurde sie immer stiller und trauriger. Sie war schon kurz davor, sich in ihr Schicksal zu fügen. Aber dann kam ein Brief von einer fremden Frau, die Hannah, ihre Hochzeit mit Johann ankündigte. Sie konnte sich nicht erklären, wie der Brief seinen Weg zu ihr gefunden hatte. Ihre Lebensgeister erwachten plötzlich wieder, denn alles in ihr verlangte danach, diese Hochzeit zu verhindern.

Als Nathan nach Hause kam und sich zum Tee ins Kaminzimmer setzte, um sich von seinem anstrengenden Tag auszuruhen, täuschte Hannah starkes Kopfweh vor und durfte sich auf ihr Zimmer zurückziehen. Sie wusste, dass sie nur eine knappe Stunde Zeit hatte und schlich leise durchs Haus. Das Personal wähnte sie im Kaminzimmer bei Nathan und so waren die Flure leer. Aber wo sollte sie hin? Die Haustür war groß und schwer und knarzte bei jedem Öffnen. Selbst wenn sie nicht abgeschlossen war, würde jeder sie hören.

Gab es vielleicht eine zweite Tür? Der einzige Raum, der ihr völlig fremd war, war die Bibliothek des Hauses. Warum durfte sie sie nicht betreten, wo Nathan ihr doch die Bücher daraus zum Lesen gab? Irgendetwas musste in der Bibliothek sein, was Nathan ihr verheimlichen wollte. Etwa ein Ausweg in die Freiheit?

Hoffentlich quietscht die Tür nicht, dachte Hannah, als sie so vorsichtig; wie möglich, die Klinke nach unten bewegte. Sie schlüpfte lautlos in das Zimmer und drückte die Tür hinter sich leise ins Schloss. Sie suchte nach einem Geheimgang, auch wenn sie nicht wusste, ob dieses Haus überhaupt einen besaß. Aber sie hoffte es sehr, denn es war ihre einzige Chance zu fliehen.

Ein Buch könnte der Schlüssel für die Geheimtür sein, dachte sie, aber welches? Hier standen tausende Bücher in Regalen vom Fußboden bis zur Decke - wie sollte sie da das richtige finden? Eine viertel Stunde war schon vergangen und bald würde Nathan nach ihr sehen und ihr Verschwinden bemerken. Mit dem Lichtschein einer Kerze strich sie über die alten Buchrücken. Da sah sie ein Funkeln über einem dunkelgrünen Buch. Sie zog es vorsichtig heraus und schlug noch vorsichtiger die erste Seite auf. Sie war leer. Also blätterte sie weiter und stieß auf eine Seite mit dem Bild einer leuchtend grünen Wiese, auf der sich drei bunte Feen tummelten. Sanft berührte sie eine von ihnen mit dem Finger und schreckte zurück, denn ein Funkennebel breitete sich über dem Buch aus, und plötzlich schwebte eine der Feen vor ihr. Sie hatte lange blonde Haare, so wie Hannah, und ein Kleid aus buntem Tüll. „Hallo Hannah! Ich bin Vivi. Ich hatte schon befürchtet, dass du mich nie findest!"

„Woher weißt du, wer ich bin?"

„Ich habe gelauscht, als Nathan hier einen Brief an seinen Freund geschrieben und vor sich hingemurmelt hat, dass du ihm zu melancholisch bist."

„Es ist mir egal, was er von mir hält. Er hat mich belogen. Ich will nur nach Hause. Aber er hat mich hier eingesperrt."

„Mir ging es genauso! Er hat mich in das Buch gequetscht und einfach ins Regal gestellt."

„Und? Hast du vielleicht beim Lauschen gehört, wie wir hier heraus kommen können? Die Fenster sind vergittert, die Türen fest verschlossen und das Hauspersonal ist so grantig, die würden dir nicht einmal die Uhrzeit sagen."

„Naja! Es gibt einen Geheimgang von hier aus, aber leider benutzt Nathan ihn auch. Am besten, wir versuchen es nachts, wenn er schläft."

„Nein jetzt! Er sitzt im Kaminzimmer und trinkt Tee."

„Gut! Ich habe noch einen Rest Schlafmohn in meiner Tasche und werde ihm heimlich seinen Tee damit würzen. Du suchst inzwischen nach dem Ausgang."

„Aber wo soll ich denn anfangen?"

„Das weiß ich auch nicht! Vielleicht bei den Büchern, die oben am meisten abgenutzt sind…. Versuchs einfach und beeile dich!"

Vivi verschwand und Hannah berührte, so schnell sie konnte jedes Buch an der Oberkante, das am Anfang und am Ende eines Regalabschnitts stand, in der Hoffnung, irgendein Geräusch zu hören oder eine Bewegung zu spüren. Nichts. Plötzlich sah sie wieder einen Funkennebel über sich und Vivi tauchte hinter ihr auf. „Er schläft tief und fest!", sagte sie und half Hannah beim Suchen. „Vielleicht wissen meine Feenschwestern etwas von dem Gang?" In diesem Moment sahen sie auch schon das grüne Buch funkeln, dass Hannah vorhin vor Schreck hatte fallen lassen. Ihr schlug das Herz bis zum Hals, und auch Vivi wurde auf einmal sehr nervös. „Schnell, berühr' es, Hannah!" Hannah legte ihre Finger um den Rand des Buches und hob es vorsichtig auf. Sie schlug die Seite mit der Wiese auf und berührte auch die anderen beiden Feen mit ihrem Finger. Vivis Schwestern, Lili und Bibi, stiegen mit einem Funkenstreif aus dem Buch empor. Hannah sah ihnen nach. Da traute sie ihren Augen nicht: Auf einem uralten Gemälde stand eine junge Frau in einem Kornblumenfeld und funkelte ebenfalls. Hanna stieg auf den alten, schweren Sessel, der darunter stand und berührte die Frau mit ihrem Finger.

Sogleich stieg sie aus dem Kornfeld und gesellte sich zu den Feen, die sich um Hannah versammelt hatten.

Der Funkennebel der Feen war nun so hell, das Hannah die Kerze auspustete und zur Seite stellte. Gemeinsam suchten sie weiter und stießen auf ein dickes, schwarzes Buch. Es war so schwer, dass Hannah und Lena, die Frau aus dem Bild, gemeinsam daran zogen. Es gelang ihnen nicht, das Buch herauszuziehen, aber dafür bewegte sich das Regal und gab durch einen Spalt den Blick auf den Geheimgang frei. Ohne sich noch einmal umzudrehen, schlüpften sie hinaus.

Im Schein der drei Feen, die über ihnen schwebten, stolperten Lena und Hannah den dunklen Gang entlang, bis sie eine schwere Holztür erreichten. Mit aller Kraft stemmten sich Hannah und Lena dagegen, bis sie endlich nachgab und ein schmaler Laternenschein sichtbar wurde.

Sie quetschten sich durch den Türspalt. Die Feen schlüpften hinterher und verschwanden in Hannahs Jackentasche. Schließlich konnten die beiden jungen Frauen nicht mit einem Funkennebel an ihrer Seite durch die Stadt laufen. Lena folgte Hannah wortlos. Sie liefen in die Richtung, aus der der stärkste Lärm kam und mischten sich unter die bunte Menschenmasse, die noch am Abend durch die belebten Straßen voller Lichter flanierte.

„Wo geht's denn hier zum Hafen?", fragte Hannah. Lena nahm sie bei der Hand, und sie begannen zu laufen, so schnell sie konnten.

Als sie um die nächste Häuserecke bogen, sahen sie den Hafen vor sich liegen. Lena hielt jetzt inne. „Ich danke dir von ganzem Herzen, dass du mich befreit hast, aber ich werde dir nicht folgen. Dieser Hafen ist meine Heimat. Die meisten Schiffe, die du siehst, gehören meinem Vater. Nathan hat mich vor vielen Jahren mit in sein Haus genommen, und als ich wieder gehen wollte, hat er mich in diesem Bild gefangen gehalten. Als Dank dafür, dass du mich befreit hast, werde ich dir ein Schiff besorgen, das dich wieder nach Hause bringt. Warte hier auf mich!"

Nach ein paar Minuten kam Lena zurück und führte Hannah zu einem großen Schiff, das sie über den Ozean bringen würde.

Hannah war sehr aufgeregt und entspannte sich erst, als sie auf hoher See und die Küste längst am Horizont versunken war.

Als nach vier Wochen Land in Sicht kam, freuten sich auch Vivi und ihre Feenschwestern darauf, endlich wieder Blumenwiesen und Wälder zu sehen.

Seit Hannahs Abreise war fast ein Jahr vergangen, und nichts mehr wie zuvor. Außer ihren Eltern gab es niemanden mehr, der auf ihre Rückkehr zu hoffen gewagt hätte. Freunde hatte sie aus den Augen verloren und ihr Liebster lag in den Armen einer Anderen. Wie konnte er sie nur in einem einzigen Jahr vergessen haben? Mit ihren drei Feen im Schlepptau machte sie sich auf den Weg zu Johanns Haus, um ihn zur Rede zu stellen.

Als sie klopfte, machte nicht er, sondern Lucy, seine neue Frau, die Tür auf. Sie erschrak heftig, als sie Hannah und die Feen sah. Sie wollte ihnen die Tür vor der Nase zuschlagen, aber da stand auch schon Johann hinter ihr. Als er Hannah sah, flammten sofort seine alten Gefühle wieder auf. Vivi, Bibi und Lili erschraken ebenso heftig, als sie Lucy sahen, denn sie wussten, dass sie Nathans Schwester gegenüber standen, die zu jener Zeit in seinem Haus gelebt hatte, als er sie eingefangen hatte. Nathan hatte Lucy also mit ins Dorf gebracht, damit sie Johann bezirzen und von Hannah ablenken sollte.

Ein Blick in ihre Augen sagte Johann, dass Hannah sich niemals freiwillig von ihm getrennt hätte. Er schob Lucy beiseite und schloss Hannah einfach ganz fest in seine Arme.

Lucy begriff, dass es ein Fehler gewesen war, Hannah von der Hochzeit zu schreiben, aber nun war es zu spät.

Als sie sich zwischen die beiden Liebenden drängen wollte, stellten sich die Feen vor sie und Vivi berührte sie mit ihrem Feenstab. Schmerzerfüllt sank sie in sich zusammen und zerfiel zu Staub.

Erst am Morgen nach Hannas Flucht erwachte Nathan aus seinem tiefen Schlaf und suchte nach ihr. Aber ihr Zimmer war leer. Als er in die Bibliothek kam, sah er, dass die Geheimtür einen kleinen Spalt offen stand. Er sah das Feenbuch aufgeschlagen auf der Erde liegen, aber außer der Wiese war nichts mehr da. Die Feen waren verschwunden. Panisch blickte er zu dem Gemälde über dem Kamin, aber auch da sah er nur die Kornblumenwiese.

Er rannte zum Hafen, trommelte ein paar Matrosen zusammen und folgte Hannah mit seinem Schiff über den Ozean.

Kurz bevor er das Festland erreichte, gaben sich Hannah und Johann das Ja-Wort. Ein Stich ging wie ein Dolch durch sein Herz. Er hatte alles verloren. Und so sank auch er in sich zusammen und zerfiel zu Staub.

Johann und Hannah gründeten eine Familie und lebten glücklich bis ans Ende ihrer Tage. Und wenn sie nicht gestorben sind, dann leben sie noch heute.

Eine zauberhafte Freundschaft

von Evelyne Bertolotti

Es war einmal ein Kater namens Nicki und sein Freund, der Dompfaff Fritz. Beide lebten in Johannisberg nahe eines dichten Waldes.

Fritz lebte bei einer Opernsängerin. Kater Nicki lief jeden Abend zu ihrem Haus und holte Fritz ab. Denn abends zur Dämmerzeit trafen sich alle Tiere im Wald, um von Fritz „Die Zauberflöte" zu hören.

Nicki setzte sich vor die Tür der Opernsängerin und miaute, wie Katzen eben miauen. Es sollte ja keiner merken, dass Nicki und Fritz miteinander reden konnten.

Die Opernsängerin öffnete die Tür und rief: „Ah Nicki, willst du Fritz abholen? Nimm ihn mit, aber bringe ihn mir gesund wieder. Du weißt, dass ich dies nicht gerne tue: einem Kater einen Dompfaff anzuvertrauen. Katzen fressen ja gerne Vögel."

Fritz flog sofort auf Nickis Rücken. Die beiden waren mit wenigen Schritten im Wald. „Nicki", rief Fritz, „wie schön ist es, dass wir Freunde sind und uns so gut verstehen!"

„Ja", sagte Nicki, „und kein Mensch weiß, dass wir Tiere miteinander sprechen können."

„Ja", erwiderte Fritz, „das bleibt unser Geheimnis."

Da kamen auch schon die anderen Tiere. Der Uhu, das Eichhörnchen Fips, der Eichelhäher, der Igel, die Grünfinken, die Meisen, ein Dompfaff-Pärchen, und sogar der Buntspecht Agar klopfte fröhlich an einem Baumstamm herum. Sie alle riefen Fritz fröhlich zu: „Fritz, sing uns die Zauberflöte!"

Fritz begann, und es wurde mucksmäuschenstill. Und als sein Gesang zu Ende war, sagten alle: „Schade, Fritz! Es war wie immer so schön!"

„Keine Sorge! Morgen singe ich wieder für euch, wenn es draußen dämmert!"

Die Tiere verabschiedeten sich. Fritz flog auf Nickis Rücken, und beide wollten nach Hause. Sie waren nicht weit gekommen, da kam eine Krähe angeflogen und ließ sich auf einem Ast nieder. „Das war doch nicht schön, was du gesungen hast", krächzte sie.

„So schön wie Fritz kannst du nicht singen", meinte Nicki.

„Bah", erwiderte die Krähe, „Der Zauberer mag meinen Gesang, wenn ich um das Schloss fliege."

„Ja, und ich singe trotzdem die Zauberflöte!", rief Fritz.

„Er findet deinen Gesang scheußlich! Krah, krah", stieß die Krähe aus und machte sich davon.

Ein Igel, der des Weges kam, warnte Fritz: „Der Zauberer hat es auf dich abgesehen, hüte dich vor ihm!"

„Das glaube ich dir nicht! Er hat mich doch nie gehört", antwortete Fritz, und sie zogen weiter. Als sie vor dem Haus der Opernsängerin ankamen, miaute Nicki vor der Tür. Die Opernsängerin öffnete und ließ Fritz hineinfliegen.

Nicki ging geknickt nach Hause zu seinem Frauchen und legte sich aufs Sofa. Sollte es wirklich wahr sein, dass der Zauberer den Gesang von Fritz nicht schön fand? Aber warum? Traurig schlief er ein.

Am nächsten Tag, wieder zur Zeit der Dämmerung, machte sich Nicki auf den Weg zu seinem Freund Fritz. Da begegnete ihm das Eichhörnchen Fips, das unruhig von Baum zu Baum hüpfte und rief: „Geh nicht zu Fritz! Der große Zauberer kommt heute und will Fritz die Stimme nehmen! Hör auf mich und geh nicht mit ihm in den Wald!"

Nicki wurde es mulmig. Er wollte Fips fragen, woher er das wusste, doch da kam wieder die Krähe angeflogen und krächzte: „Ach was, der Zauberer kommt nur, um Fritz auch einmal zu hören. Nicki, lass dich nicht beirren!" Als Nicki am Haus der Opernsängerin ankam, rief Fritz ungeduldig: „Da bist du ja, lass mich auf deinen Rücken fliegen, damit wir endlich in den Wald gehen können."

Gesagt, getan! Fritz flog durch das offene Fenster auf Nickis Rücken. „Los geht's, beeile dich. Die Tiere warten schon auf mich", spornte er Nicki an. Auf dem Weg erzählte Nicki von seiner Begegnung mit dem Eichhörnchen Fips und der Krähe. „Sollten wir nicht lieber zuhause bleiben?", fragte er. „Nicht, dass der Zauberer dir die Stimme wegnimmt."

„Ach was! Der soll meinen Gesang erst einmal kennenlernen. Ich habe keine Angst!"

Bald waren sie im Wald. Alle Tiere waren schon versammelt und freuten sich auf „Die Zauberflöte". Fritz begann zu singen. Alle Tiere hörten ihm zu. Plötzlich zog ein lautes Getöse durch den Wald. Die Tiere erstarrten vor Schreck.

Der Zauberer kam mit großen Schritten auf sie zu. „Potz Blitz, da habe ich dich endlich! Von nun an wirst du nicht mehr singen, und ich nehme dich mit auf mein Zauberschloss. Ich setze dich in einen verrosteten Käfig. Da wirst du vor dich hin darben und niemand kann dich retten, weil das Schloss verwunschen ist. Ha, ha, ha! Potz Blitz!" Er nahm Fritz in seine Hand und polterte mit lautem Lachen davon.

Nicki war wie erstarrt. Dicke Tränen kullerten aus seinen Augen. Sein geliebter Fritz war nicht mehr. Was sollte er der Opernsängerin erzählen? Wie sollte er je wieder ein Auge zu tun?

„Was machen wir denn jetzt ohne Fritz?", riefen die Tiere durcheinander.

„Ich werde ihn zurückholen!", platzte es aus Nicki heraus.

„Zurückholen? Wie willst du das machen?", wollten die Tiere wissen.

„Lasst mich nur machen", meinte Nicki.

Er lief einfach los, obwohl er gar nicht wusste, wo das Zauberschloss lag. Plötzlich hörte er eine zarte Stimme. „Hörst du mich Nicki? Ich liege hier neben dir auf dem Baumstumpf! Nimm mich mit. Ich bin eine Zaubermurmel. Ich kann dir bestimmt helfen."

Nicki eilte zum Baumstumpf. Mit seiner Pfote betastete er vorsichtig die Murmel. Auf einmal leuchtete ein heller Strahl, und im hellen Licht stand die Opernsängerin vor ihm und sprach: „Hallo, Nicki!"

„Die, die Opern... Sä... Sä... Sängerin?", stammelte er vor Schreck.

„Hab keine Angst, Nicki! Ich weiß, dass Fritz in der Gewalt des Zauberers ist."

„Aber woher weißt du das?"

„Nun, ich bin eigentlich eine Fee. Der Zauberer wollte auch mir meine Stimme wegnehmen, aber es gelang ihm nicht, weil ich mich immer in der Murmel verstecken konnte. So nimm die Murmel mit, wenn du den kleinen Fritz retten willst."

„Aber, wo finde ich Fritz?", fragte Nicki erstaunt.

„Es ist gar nicht so weit von hier. Im Wasserturm von Schloss Vollrads treibt der Zauberer des Nachts sein Unwesen", erklärte die Fee.

Dann redeten die beiden lange über den Zauberer und seine Untaten. Der Morgen graute.

„Nicki, ruhe dich jetzt ein bisschen aus, bevor du dich zur Dämmerzeit auf den Weg machst. Vergiss die Murmel nicht!" Sie strich ihm über den Kopf und verschwand in der Murmel.

Nicki fasste die Murmel zwischen seinen Pfoten und schlief ein. Im Traum erschien ihm eine Kröte. „Ich kann dir helfen den Zauberer zu finden und ihn für immer verschwinden zu lassen." Nicki schreckte auf: „Wach ich, oder träum ich? Der Waldboden ist auch gar nicht so weich wie Frauchens Sofa. Aber egal, ich mach mich jetzt auf den Weg. Hoffentlich kann mir die Fee-Murmel helfen." Mit diesem Gedanken begab er sich auf den Weg. Als er vor Schloss Vollrads angelangt war, hörte er schon den Zauberer aus dem Wasserturm hämisch lachen: „Fritz, ha, ha! Du sitzt in dem rostigen Käfig und kannst nicht mehr singen. Ha, ha, aber ich!", rief er, und schon erklang der melodische Gesang der „Zauberflöte". „Lass Fritz in Ruhe!", wollte Nicki rufen, aber vor Angst stockte ihm die Stimme. „Was mach ich nur? Wie komme ich durch den Wassergraben, in dem allerlei Getier schwimmt? Außerdem, ich mag ja Wasser überhaupt nicht, bei dem Gedanken, schwimmen zu müssen, wird mir ganz gruselig!"

Plötzlich stand vor ihm die Kröte, die er im Traum gesehen hatte. „Nicki, brauchst du meine Hilfe?", quakte sie.

„Ja, wache oder träume ich?"

„Du bist wach. Eigentlich bin ich eine Wasserschildkröte. Der Zauberer aber hat mich in eine garstige Kröte verwandelt, damit mich keiner mag."

„So schlimm bist du aber gar nicht."

„Weil ich als Wasserschildkröte keine schöne Stimme habe, hat er mich verflucht. Aber genug geredet. Hast du die Murmel dabei? Denn mit dieser Murmel werde ich wieder eine Wasserschildkröte und kann dich unbeschadet über den Wassergraben bringen. Und wenn du mich ein zweites Mal mit der Murmel berührst, leuchte ich hell wie der Tag und du findest den Weg zum Zauberer."

Nicki nahm die Murmel und berührte die Kröte. Sie wurde vor seinen Augen zur großen Wasserschildkröte. Nicki setzte sich auf ihren breiten Panzer, und so überquerten sie den Schlossgraben bis zum Wasserturm. Nicki lief schnell die Treppen hinauf.

„Halt, halt!", rief die Wasserschildkröte, nimm mich mit!" Sie stapfte gemächlich die StufenTreppe hinauf, und Nicki wartete auf sie. Als beide vor dem großen Saal angelangt waren, nahm

Nicki die Murmel in die Pfote, legte sie auf die Wasserschildkröte, und sofort wurde es taghell. Gemeinsam, aber ängstlich, gingen sie in den Zaubersaal.

Dem Zauberer stockte der Atem. Taghell war es mit einem Mal.

„Nein, nein, so kann ich nicht agieren!", rief er. „Es ist zu hell!" Und der Zauberer begann sich in Luft aufzulösen. Er werde nie glücklich werden, rief er noch und wurde zu Staub, den der Wind davon wehte.

Nicki ging zu dem rostigen Käfig und befreite Fritz. „Hallo, Nicki", rief Fritz herunter.

„Fritz, du hast ja deine Stimme wieder!"

„Ja, und ich kann wieder die Zauberflöte singen", zwitscherte er und flog auf Nickis Rücken.

Die Wasserschildkröte wartete schon am Wassergraben und schwamm mit den beiden zur anderen Seite des Grabens. Sie verabschiedeten sich von ihr, denn sie wollte im Wasserturm von Schloss Vollrads bleiben. Nicki und Fritz machten sich sogleich auf den Weg nach Hause. Dabei begegnete ihnen Fips, das Eichhörnchen. „Ich traue meinen Augen nicht!", sagte Fips. „Fritz ist wieder da, hast du auch deine Stimme wieder?"

„Aber ja!", antwortete Fritz. „Ich bin wohlbehalten zurück, Nicki hat mich gerettet."

Agar, der Buntspecht, saß auf einem Ast und döste vor sich hin.

„Agar!", rief Fips. „Komm von deinem Ast herunter, Fritz ist wieder da!" Und Agar kam und sah. „Das muss ich schnell dem Poldi morsen." Flugs war er wieder auf einem Ast und hämmerte drauf los, dass die Späne flogen.

„Ist ja gut, Agar, ich habe dein Morsen gehört!", rief Poldi, der andere Buntspecht. „Was gibt es denn?"

„Wir haben Fritz wieder", riefen alle durcheinander.

Die Morsezeichen von Agar hatte auch die Opernsängerin gehört und kam des Weges daher. „Hallo, Fritz", sagte sie, „wie schön, dass du wieder da bist."

„Und Nicki", riefen Agar, Poldi, Fips und Fritz.

„Ich habe Nicki nicht vergessen, er ist ja mein HELD!" Sie lief auf Nicki zu, beugte sich über ihn, strich über seinen Kopf und meinte: „Zum Dank, dass du Fritz gerettet hast, schenke ich dir ein rotes Halsband! Darf ich es dir umlegen?"

„Aber, ja! Ich freue mich sehr", erwiderte Nicki.

Die Opernsängerin legte das Halsband um Nickis Hals.

„Sieh, nur", rief Fips, das Eichhörnchen, „am Halsband hängt eine Murmel, die blinkt sogar!"

Nicki staunte und rief: „Die Murmel hatte ich am Wasserturm auf Schloss Vollrads ganz vergessen!"

Marie, ein Märchen

von Annette Weyhofen-Schultheis

Es war einmal ein Mädchen. Das Mädchen hieß Marie. Marie hüpfte leise vor sich hin summend durch den Wald hinter dem großen Felsen. Hier kannte sie jeden Baum und jeden Strauch. Hier liebte sie es zu spielen. Hier konnte sie einfach sein. Die Sonne begann, sich bereits schlafen zu legen und schickte nur noch schwach ihre Strahlen durch die Bäume, als Marie ein Räuspern vernahm. Neben der alten Eiche, links hinter der 4. Birke von vorne, sah sie einen Schatten. Huch, dachte Marie. Sie hatte niemanden erwartet, hier in ihrem Wald. Wieder räusperte sich der Schatten.

„Hallo?", rief Marie.

„Hallo", antwortete der Schatten und trat aus der Dunkelheit des Baumes hervor. Der Schatten hatte lange weiße Haare und trug viele bunte Tücher, eines um den Kopf, eines um den Hals und eines um die Hüfte. Der Schatten mit den langen Haaren schaute Marie liebevoll an und sagte: „Es wird gleich dunkel sein. Du solltest besser schnell nach Hause gehen. Wenn es dunkel ist, ist der Wald zu gefährlich für dich."

„Och", sagte Marie, „was soll schon geschehen. Ich kenne mich hier sehr gut aus. Hier gibt es doch nur Bäume und hier und da ein Reh. Da wird mir schon nichts passieren."

Da schaute der Schatten mit den langen weißen Haaren und den vielen bunten Tüchern besorgt und sagte: „Du solltest mir glauben, weil mein großer Fußzeh, du musst verstehen, mein großer Fußzeh, der juckt."

„Was hat denn dein großer Fußzeh damit zu tun, dass ich dir glauben soll?", fragte Marie voller Unverständnis.

„Mein großer Fußzeh juckt immer, wenn du in Gefahr bist", antwortete der Schatten mit den langen weißen Haaren und den vielen bunten Tüchern.

„Und warum bitte juckt dein Fußzeh, wenn ich in Gefahr sein soll?", fragte Marie.

„Das ist ganz klar", erklärte der Schatten, „bevor du als Marie zur Welt gekommen bist, warst du der Stern 4896 und ich war der Stern 4895. Und ursprünglich waren wir an einer Spitze zusammengewachsen. D.h. die Spitze von damals ist mein großer Fußzeh von heute. Und wenn du in Gefahr bist, dann juckt eben mein Zeh."

Marie hörte ungläubig zu. Nun, sie war ein höflicher Mensch und wollte den Schatten nicht vor den Kopf stoßen. Sie tat so, als würde sie diese durchgeknallte Geschichte glauben.

„Okay - gut! Also angenommen, du hast Recht", sagte Marie und fragte: „Was genau ist denn so gefährlich für mich?"

„Sobald es dunkel ist, wird dich dieser Wald gefangen nehmen. Also lauf schnell, Marie, bevor es zu spät ist."

Gerade als Marie fragen wollte, wie denn der Wald sie gefangen nehmen könne, sauste etwas an Maries Kopf vorbei. Was war denn das jetzt? Sicherlich eine Fledermaus oder so. Aber weit gefehlt. Das Etwas rauschte wieder an ihrem Kopf vorüber und fing an zu niesen. Jetzt konnte Marie es besser erkennen. Das Etwas sah aus wie ein riesengroßer Fussel. Ja, es war ein Fussel. Ein Fussel im Wald. Wie seltsam war das denn? Jetzt sollte ich mich doch besser beeilen, dachte Marie und lief los.

„Marie, Marie", säuselte der Fussel. Und schon musste er wieder niesen. „Warum läufst du denn weg? Willst du nach Hause? Wollen wir nicht lieber etwas gemeinsam machen? Ich dachte an eine Partie Schach." Flugs zauberte der Fussel ein Schachbrett unter seinem Arm hervor.

Jetzt besser gar nichts mehr denken, reden oder sonst was, lieber gehen, dachte Marie und lief weiter. Plötzlich stieß sie gegen eine feste, aber unsichtbare Wand. Sie konnte nicht mehr weiter.

Panik kroch in ihr hoch. Da stand sie nun mitten im Wald, umgeben von einem spinnerten Schatten und einem verschnupften Fussel und kam nicht weg.

Sie tastete die unsichtbare Wand ab. Zunächst zaghaft, dann immer schneller. Marie konnte kein Schlupfloch finden. Voller Angst versuchte sie es mit Gewalt. Sie holte weit aus und trat mit ihrem rechten Fuß fest gegen die Wand. Es sah aus, als würde Marie in die Luft treten und gleichzeitig durch eine unsichtbare Kraft zurückgeworfen werden. Immer fester trat sie gegen die Wand. Ihre Angst verwandelte sich in Wut und ließ Marie ihr Gleichgewicht verlieren. Sie strauchelte, streifte eine dornenreiche Brombeerhecke, zerriss sich ihre Bluse und stürzte zu Boden. Marie landete mitten in einer Pfütze. Jetzt musste sie weinen.

„Marie, Marie. Hör mir zu, wenn ich mit dir rede. Wo schaust du denn hin? Ich rede mit dir! Hier oben!" Okay - jetzt sprach auch noch die dritte Birke von vorne mit ihr. „Marie. Du wirst die unsichtbare Wand durchlaufen können, wenn du deinem Feind Glück wünschst. Und zwar aus ganzem Herzen", sprach die Birke.

„Was? Ich soll meinem Feind Glück wünschen? Was soll der Blödsinn? Wie du mir, so ich dir, heißt doch ein altes Sprichwort."

Und falls jemand sich mit ihr verfeindet hatte, warum sollte sie demjenigen auch noch Glück wünschen? Vielleicht bedeutete es für den Feind Glück, wenn er ihr wieder eins auswischen konnte. Nein, das Ganze passte irgendwie gar nicht zusammen. Davon abgesehen, fiel ihr im Moment auch niemand ein, der ihr Feind sein sollte.

Während Marie so vor sich hindachte, kam von links eine Spinne. Eine stolze Spinne. Eine etwas aufgetakelte Spinne, mit Modeschmuckringen an jedem Bein und einer Hochfrisur. Außerdem schaute die Spinne sehr eingebildet aus den Augen.

Was will die denn, dachte Marie. Doch bevor sie die Spinne mit Nichtbeachtung strafen konnte, hüpfte diese ihr auf den Fuß und machte eine schnippische Bemerkung wegen Maries schmutziger und zerrissener Kleidung. Und dass Marie wohl wenig Wert auf die Pflege ihrer Fingernägel legen würde, überhaupt wäre ihr ganzes Auftreten dem Ort nicht angemessen. Marie wäre damit unter ihrer Würde und könne froh sein, ja froh könne sie sein, dass sie, die Spinne, überhaupt mit ihr reden würde.

Also, das war ja jetzt wirklich ein bisschen viel. Marie wurde sauer. Wie unhöflich diese Spinne war. Marie fing an, der Spinne entgegenzusetzen, wie sie deren aufgetakeltes Äußeres und deren Bemerkungen fand, und ehe sie sich versah, geriet sie in einen Streit mit der Spinne, der ihre Emotionen erfasste und sie wie in einem Sog wegzog. Weg von ihr. Hin zu... Nun, wohin nur? Marie war sauer und begann, die Spinne einfach nur noch zu ignorieren. Doch die Spinne ließ nicht von ihr ab. Sie rief sogar in den Wald hinein: „Schaut mal alle her, hier ist Marie, die Dreck- und Speckmarie, mit den zerrissenen Kleidern!" Doch niemand beachtete die Spinne.

Gehässig kichernd verzog sich die Spinne in einen Brombeerstrauch.

Marie kochte. Wenn sie dieser Spinne noch einmal begegnen sollte, würde sie sie einfach zertreten. Jetzt freute sie sich sogar ein bisschen über die Wand, denn eine erneute Begegnung war gar nicht so abwegig, schließlich kam auch die Spinne hier nicht mehr weg.

„Siehst du", sagte die Birke. „Das meinte ich."

„Was?", fragte Marie erbost. „Soll ich dieser eingebildeten arroganten Spinne etwa auch noch Glück wünschen. Glück? Ich glaub' es nicht. Soweit kommt es noch."

Der Schatten meldete sich wieder zu Wort. „Aber schau mal, Marie. Die Spinne hat dir doch eigentlich nichts getan. Die arme Spinne. Schau, sie ist so klein und möchte einfach auch etwas Aufmerksamkeit. Jetzt hat sie sich so viel Mühe mit ihrem Äußeren gegeben, und trotzdem wird sie nicht geliebt. Auch eine Spinne möchte geliebt werden. Wenn sie immer nur angefeindet wird, wird sie ja ekelig. Sie war auf der Suche nach einer Freundin und konnte das nur nicht so richtig zeigen. Glaub mir."

Auch der Fussel nieste zustimmend. „Schau, du hast uns, einen Schatten und einen Fussel und die Birke, aber die Spinne hat niemanden. Sie muss sich extra eine Hochfrisur machen, damit sie überhaupt gesehen, geschweige denn beachtet wird."

Marie war noch zu aufgewühlt von den Frechheiten, die sie sich eben von der Spinne hatte anhören müssen. Sie teilte dem Schatten und dem Fussel sowie der Birke mit, dass sie jetzt erst einmal Zeit brauche. So schnell könne man von ihr nicht erwarten, dass sie sich geschlagen gebe und warum überhaupt? Diese Spinne brauche eine tüchtige Abreibung. Pah.

Der Fussel sagte: „Wenn du der Spinne verzeihst, dann regst du dich auch gar nicht so auf. Wenn du ihre Worte als einen ungeschickten Annäherungsversuch siehst, dann kannst du am Ende mit der Spinne sogar scherzen. Es tut dir gar nicht weh. Lass deinen Stolz fallen. Der hindert dich nur und kostet dich Nerven." Zur besonderen Untermalung seiner Worte schickte der Fussel noch ein Niesen hinterher.

„Gesundheit", sagte Marie und schaute den Fussel fast zärtlich an. Marie dachte nach und musste insgeheim dem Fussel und auch dem Schatten Recht geben. Die Spinne saß jetzt ganz einsam in dem Brombeerbusch.

Plötzlich flog ein Vogel an Marie vorbei, über den Fussel hinweg, hinein in den Brombeerbusch. Marie konnte es beinahe sehen, wie die Spinne ihre Frisur richtete, ihren Schmuck zurechtrückte und den Vogel gar nicht bemerkte. Und wenn, dann konnte sie doch mit dem ganzen Schmuck gar nicht weglaufen.

Marie entschied blitzschnell. Sie stürzte wild mit den Armen fuchtelnd auf den Vogel zu. Dieser erschrak und flog davon.

Tatsächlich, die Spinne hätte nicht weglaufen können, ein Ring hatte sich in einem Ästchen verfangen. Die Spinne, deren Herz nun vor Schreck mindestens doppelt so schnell schlug, bedankte sich in aller Form bei Marie. Entschuldigend sagte die Spinne, sie habe nur versucht ein Gespräch mit Marie zu beginnen, aber das sei dann einfach in eine ganz falsche Richtung gelaufen. Dies habe sie nicht gewollt. Sie sei eigentlich nur eifersüchtig auf Maries schöne Haare gewesen.

Marie zog eine Haarklammer aus ihrem Haar und schenkte sie der Spinne. „Damit kannst du dich das nächste Mal wehren", sagte sie. Nun erzählte Marie der Spinne von ihrem Problem. Dass sie nicht mehr nach Hause könne, da es eine unsichtbare Wand gebe, die sie nicht durchdringen könne usw.

Die Spinne sagte: „Aber vielleicht geht es jetzt. Schau, du konntest mich zuerst auch nicht leiden, und dann hast du mir das

Leben gerettet und diese schöne Klammer geschenkt. Ist es nicht das, was die Birke meinte?"

Marie versuchte ihren Weg aus dem Wald fortzusetzen und konnte tatsächlich weitergehen. Die Wand war verschwunden. Marie hüpfte vor Freude. Sie umarmte zuerst den Schatten, dann den Fussel, dann die Birke und dann ganz vorsichtig die Spinne. Schließlich wollte sie die Spinne nicht zerdrücken. Als sie sich verabschiedet hatte, lief Marie nach Hause.

Da musste der Fussel niesen, der Schatten winkte mit all seinen bunten Tüchern, die Birke ließ einen Windhauch zum Abschied durch ihre Äste wehen, sodass die zarten Blätter sachte tanzten und die Spinne zupfte sich verlegen ihre Hochfrisur zurecht. So standen sie im Wald und schauten Marie hinterher. Und wenn sie nicht gestorben sind, dann leben sie noch heute.

Teil II
Liebesgeschichten

Fünf Monate Wartezimmer

von Katrin Redlich

Kerstin Kramer war eine junge Architektin und seit kurzem wieder Single.

Als neuen Singleluxus leistete sie sich jeden Dienstag eine Massage in einer Gemeinschaftspraxis für Physiotherapie. Schon bei ihrem ersten Termin fiel ihr im Wartezimmer ein attraktiver junger Mann auf, groß, dunkle Augen, dunkle strubbelige Haare, den eine tiefe Traurigkeit umfing. Er lief mehr schlecht als recht an Krücken, aber das störte Kerstin nicht. Sie begann mit ihm zu flirten, doch er reagierte nicht. In der darauffolgenden Woche begann das Spiel von vorne, aber er war noch immer sehr zurückhaltend und es dauerte zwei weitere Praxisbesuche, bis sie langsam ins Gespräch kamen. Kerstin spürte noch immer die tiefe Traurigkeit, vielleicht sogar Verzweiflung, die ihn umfing, fühlte sich aber mehr und mehr zu ihm hingezogen.

So vergingen die Wochen, und natürlich fragte Kerstin auch irgendwann nach, wie er hieß und warum er hier sei. Sein Name war Martin. Er sagte nur „Unfall" und „Physiotherapie" und wechselte sofort das Thema. Als sein Gang nach zwei, drei Monaten noch immer unsicher war, hakte sie nochmal nach. Doch auch jetzt brach er das Thema sofort ab.

Sie versuchte es auf andere Weise. „Vielleicht sollten wir uns mal in einer anderen Umgebung treffen? Hast du Lust?"

Aber alle Versuche, eine Verabredung mit ihm zu arrangieren, schlugen fehl. „Ich glaube, das ist keine gute Idee... unter anderen Umständen, vielleicht...", antwortete Martin zögernd und konnte ihr dabei nicht in die Augen sehen. „Ich kann nicht...", fügte er leise hinzu und: „Lassen wir es, wie es ist."

Kerstin wurde unsicher. Sie war ein sehr offener, unkomplizierter Mensch. Wieso hatte sie das Gefühl, dass er sich zwar auf jedes Wiedersehen mit ihr freute, und dass eventuell mehr daraus werden könnte, er sie aber nicht an sich heran ließ? Sie rief in der Praxis an und verlegte ihren Termin, um ihn nicht mehr sehen zu müssen.

Maria, die Masseurin von Kerstin, kam am nächsten Tag auf Martin zu sprechen: „Ich weiß, es geht mich nichts an, aber es lässt mir einfach keine Ruhe... Wollen Sie wirklich aufgeben?"

„Ich weiß es nicht!", antwortete Kerstin. „Ich habe das Gefühl, dass er in mich verliebt ist, so wie ich in ihn, aber er blockt jede Art von Nähe ab. Ich kann es nicht erzwingen. Wenn er mich nicht will, muss das hier aufhören, bevor ich nicht nur mein Herz, sondern auch noch den Kopf verliere. Und bevor es noch mehr weh tut..."

Maria bemühte sich um Vermittlung zwischen den beiden: „Aber es ist nicht so, wie Sie denken."

„Glauben Sie? Wir kennen uns jetzt schon so lange, und ich weiß nicht einmal, was ihm passiert ist. Er hat überhaupt kein Vertrauen zu mir."

„Das ist wirklich alles sehr kompliziert… Als er hierher kam, war er ein Häufchen Elend und weit davon entfernt, es zu packen. Hat das ganze Programm nur automatisch hinter sich gebracht… Und dann kamen Sie. Sie tun ihm so gut. Er hat endlich angefangen, wirklich zu kämpfen und an seiner Rehabilitation zu arbeiten. Seit es Sie gibt, ist wieder Land in Sicht."

„Schön für ihn, aber ich komme nicht an ihn heran, und langfristig möchte ich keine platonische Liebe im Wartezimmer."

„Ich weiß", seufzte Maria, während sie Kerstin weiter massierte. „Aber ich glaube, er traut sich nicht. Er hat einfach Angst."

„Wovor denn?"

„Dass alles vorbei ist, wenn er Ihnen die Wahrheit sagt…"

„Aber wieso denn?"

„Weil die Wahrheit so katastrophal ist und so weh tut… und weil eben auch Sie damit klar kommen müssten."

„Aber wenn es so schlimm ist, dass es mich auch betrifft, kann er doch nicht ewig schweigen!"

„Das ist richtig."

Kerstin verlor langsam die Geduld: „Was für ein Feigling! Was ist denn mit ihm los? Warum kann er denn nicht darüber reden?"

Maria wurde ganz still, dann sagte sie leise: „Er hat bei einem Unfall beide Beine verloren und damit den Glauben an das Leben und die Liebe. Wie soll er Ihnen das erklären?" Stille.

„Er trägt Prothesen", redete Maria weiter, „und er könnte schon viel besser laufen, wenn er am Anfang mehr trainiert hätte, aber das macht er erst, seit sie beide so richtig ins Gespräch gekommen sind. Seine langjährige Lebensgefährtin ist abgehauen, als er sie am meisten brauchte, und er selbst reduziert sich seitdem nur auf seine Behinderung. Wie soll er da Vertrauen bekommen, in sich selbst und in ein neues Leben? Und wie soll er eine neue Liebe zulassen, in einer Zeit, wo jeder nur auf Optik und Ästhetik achtet? Sie sind jung und schön und so selbstbewusst. Er hingegen fühlt sich inkomplett und kann sich einfach nicht vorstellen, dass Sie sich auf ihn einlassen und ihn trotzdem noch als den liebenswerten, vollwertigen Mann sehen, der er ist."

Kerstin fühlte sich benommen. Natürlich wurde ihr schlagartig bewusst, warum Martin so steif war, ihre Nähe ablehnte und sich nicht mit ihr außerhalb der Praxis treffen wollte. Sie hatte keine Ahnung, wie sie damit umgehen sollte, und ob sie sich jetzt noch auf ihn einlassen konnte. Welche Bedeutung hatte Martins

Behinderung für ihre Gefühle? Sie wusste nur eins: Mitleid war keine gute Basis.

Während Kerstin an ihrem Schreibtisch im Büro saß und sich vorzustellen versuchte, wie eine Beziehung zu Martin aussehen könnte, traf er in der Praxis ein. Als er von Maria erfuhr, dass Kerstin ihn nicht sehen wollte, fragte er: „Hat sie gesagt, warum?" Maria war erleichtert, dass er die Abfuhr nicht so einfach hinnahm und antwortete: „Sie spürt, dass Sie ihr etwas Wichtiges verschweigen und sie versteht Ihre Zurückhaltung nicht. Deswegen möchte sie sich zurückziehen, bevor es richtig weh tut."

„Aber es tut doch schon weh…", sagte er leise und setzte sich. Er würde sie verlieren, dessen war er sich sicher, aber er musste sich ihr wenigstens anvertrauen. Das würde er sich sonst nie verzeihen. Er musste ihr die Möglichkeit geben, sich zu entscheiden. Für oder gegen ihn.

Klara, die Physiotherapeutin von Martin, die sich um die Muskulatur seiner Arme und Beinstümpfe kümmerte, sprach ihn auf Kerstin an: „Sie vermissen sie, oder?"

Klara weiß also auch Bescheid, dachte er, bevor er antwortete: „Ja! Ich fürchte, ich habe zu lange gewartet."

„Sie kommt nächste Woche wieder wie immer. Reden Sie endlich mit ihr! Sie muss es wissen, wenn Ihre Beziehung über unser Wartezimmer hinausgehen soll."

„Ich weiß. Aber ich habe solche Angst vor ihrer Reaktion!"

„Das kann ich gut verstehen, aber ist es auf die Dauer nicht anstrengend, permanent darum herum zu kreisen? Wie lange wollen Sie Ihre Gefühle noch unterdrücken? Sie haben nicht Ihre Männlichkeit und Ihre Sexualität verloren, sondern Ihre Beine. Das ist dramatisch und sehr einschneidend für Ihr ganzes Leben und das Ihrer zukünftigen Partnerin, aber Sie können es nicht mehr ändern und müssen nach vorne schauen. Stehen Sie zu Ihrer Behinderung, denn sie gehört jetzt zu Ihnen, ob Sie es nun wollen oder nicht. Und wenn Kerstin den Kontakt zu Ihnen abbricht, dann müssen Sie es leider akzeptieren."

„Aber ich weiß nicht, wie ich es ihr sagen soll. Ich will sie nicht verlieren!"

„Schlagen Sie ihr nächste Woche ein Treffen vor. Laden Sie sie zum Essen ein oder nur auf einen Kaffee, wenn Sie glauben, dass Sie es nicht bis zum Dessert schaffen…"

„Danke, Klara! Ich weiß Ihre Unterstützung und die von Maria sehr zu schätzen. Früher war ich nicht so gehemmt…"

„Sie haben einfach verlernt, auf Menschen zu zugehen. Das wird schon wieder! Sie haben den Unfall überlebt, also leben

Sie!", sagte Klara aufmunternd und beendete die Therapie für heute. Martin verließ die Praxis. Er musste nachdenken und sich endlich zu einer Verabredung mit Kerstin durchringen.

Kerstin versuchte indessen zu begreifen, woran sie nie zuvor einen Gedanken

verschwendet hatte und heulte sich bei Sinja, ihrer besten Freundin aus. „Du redest von dem Typ aus der Praxis, den du seit Monaten anbaggerst?", fragte Sinja.

„Ja!"

„Scheiße! Das ist echt krass. Es tut mir so leid für dich!"

„Was soll ich denn jetzt machen?"

„Keine Ahnung!"

Sie lagen auf der Couch und fast ununterbrochen liefen Kerstin Tränen der Verzweiflung über die Wangen. Sinja sagte nach einer Weile: „Wenn du glaubst, dass du mit einem behinderten Mann nicht zusammen sein willst oder kannst, dann musst du es ihm schleunigst sagen. Mitleid hilft ihm nicht weiter. Und du solltest ihn nicht mehr sehen. Ein schneller Schnitt, sozusagen." Kerstin schluchzte.

„Aber ich sehne mich so sehr nach ihm… Ich kann an nichts anderes mehr denken, als an Martin und ich will ihn nicht verlieren…"

Sinja streichelte ihr sanft über die Haare. „Ja, das verstehe ich. Gib ihm noch ein bisschen Zeit für den Moment der Wahrheit und dann sage ihm, was du für ihn empfindest. Und dass du nicht weißt, ob du damit klar kommst, weil du keinerlei Erfahrungen hast."

Kerstin umarmte Sinja ganz fest. „Ich bin so froh, dass es dich gibt. Ich wusste, du würdest nicht versuchen, ihn mir auszureden."

Eine Woche war seitdem vergangen. Sie war furchtbar nervös, als sie sich auf den Weg machte. Martin hatte all seinen Mut zusammen genommen und sie in seine Wohnung zum Abendessen eingeladen. Hopp oder top. Heute würde eine Entscheidung fallen.

Kerstin stand um kurz vor sieben vor seiner Tür. Noch nie hatte sie ein Mann so durcheinander gebracht, wie Martin. Behinderung hin oder her. Gerade, als sie den Finger auf die Klingel legen wollte, öffnete sich die Tür und er stand vor ihr. „Hallo Kerstin! Schön dass du gekommen bist! Komm rein!"

„Hallo Martin!", sagte sie und folgte ihm in seine Wohnung. Er hatte aufgeräumt, geduscht, den Tisch gedeckt und das Essen vorbereitet. Er war noch immer wackelig auf seinen neuen Beinen. Als sie beide am Tisch Platz genommen hatten, ging sie sofort in die Offensive: „Du wolltest mit mir reden! Also, fang an!" Martin wirkte noch nervöser, als am Anfang. „Ich weiß, ich hätte es dir längst sagen müssen, aber ich habe irgendwie den richtigen Zeitpunkt verpasst."

„Versuche es jetzt!", forderte sie ihn auf.

„Es war vor dreizehn Monaten…", begann er zögernd und erzählte ihr von dem Autounfall und dessen dramatischen Folgen. „Meine Lebensgefährtin hat mich kurz darauf verlassen. Ich hatte selbst noch nicht kapiert, was passiert ist, da war sie schon weg. Wir waren zehn Jahre zusammen gewesen, aber sie wollte nicht mit einem Krüppel leben, und ich fiel ins Bodenlose…"

„Das kann ich gut verstehen", sagte Kerstin jetzt mitfühlend. „Danke, dass du mir alles erzählt hast."

„Du wirkst sehr gefasst", stellte er fest.

Sie nickte. „Mein Tief hatte ich letzten Dienstag, und ich bin froh, dass du es nicht mitbekommen hast…"

„Maria?", fragte er ahnend.

„Ja! Bitte sei ihr nicht böse, dass sie ihre Schweigepflicht gebrochen hat. Sie musste reden. Ich wollte es beenden, weil ich dachte, dass du mich nicht willst… Ich konnte doch nicht wissen, dass du so schwer verletzt warst…"

Er nickte und fragte vorsichtig: „Und jetzt? Wie geht es jetzt weiter?"

Kerstin holte tief Luft und sagte dann: „Naja, wir werden deinen wunderbaren Auflauf aufessen, und wenn wir den Tisch abgeräumt haben, dann könnten wir zum gemütlichen Teil des Abends übergehen…"

Er lächelte verlegen. „Das meinte ich eigentlich nicht…"

„Ich weiß, doch ich kann dir nicht sagen, wie es weitergeht. Aber ich würde dich gerne häufiger sehen, dich besser kennenlernen und dein Selbstbewusstsein wieder ausgraben. Ich bin so gerne mit dir zusammen."

„Mir geht es genauso", war alles, was er sagen konnte. Nachdem sie zusammen den Tisch ab– und die Spülmaschine eingeräumt hatten, fragte er: „Wollen wir zum gemütlichen Teil übergehen und es uns auf der Couch bequem machen?"

„Gerne!"

„Allerdings…", fuhr er fort, „ist das mit den Prothesen ein bisschen unbequem. Also, ich meine …" Er holte tief Luft, nahm all seinen Mut zusammen und fragte vorsichtig: „Würde es dir etwas ausmachen, wenn ich sie ausziehe?"

„Nein!" antwortete Kerstin.

„Bist du sicher?"

„Nein. Aber ich riskiere es trotzdem…"

Er war sehr nervös und sagte: „Sorry! Ich weiß, ich rede einen Scheiß zusammen, aber es ist alles so neu für mich und so schwierig, und ich bin so aufgeregt... Ich glaube, ich stell mich gerade ziemlich doof an..."

„Das würd' ich so nicht sagen...", meinte Kerstin, „aber vielleicht denkst du einfach zu viel nach. Ich weiß nur, ich bin in dich verliebt und kann an nichts anderes mehr denken. Deswegen ich bin hier."

Er nickte und flüsterte mit erstickter Stimme: „Aber ich habe Angst!" Sie sah ihm tief in die Augen und als sie spürte, dass seine Unsicherheit sich mit Verlangen zu mischen begann, sagte sie: „Und ich frage mich schon seit Wochen, wie deine Lippen wohl schmecken..."

Martin lehnte sich an die Arbeitsplatte in der Küche, weil er fürchtete zu straucheln. Seine Stimme gehorchte ihm kaum, als er sie aufforderte: „Probier's aus!"

Das ließ sie sich nicht zweimal sagen, und schon fanden ihre Lippen die seinen, und er lehnte seine Gehstützen an die Spüle, bevor er in ihre Arme sank und ihren zarten Kuss leidenschaftlich erwiderte.

In diesem Moment wusste er, dass er eine Chance hatte und beschloss, einfach das Hier und Jetzt zu genießen, ohne nach dem Morgen zu fragen.

„Das wollte ich schon tun, als ich dich das erste Mal sah...", flüsterte er, als sich ihre Lippen kurz voneinander lösten.

„…und warum hast du mich dann so lange warten lassen?"

„Weil ich Angst hatte. Wäre ich noch wie früher, hätte ich dich längst in mein Bett getragen und wäre über dich hergefallen."

Sie küsste ihn wieder. „Wir können den Teil mit dem Tragen ja einfach weglassen…" Er angelte nach seinen Krücken, und sie taumelten in sein Schlafzimmer und sanken auf das Bett. Während er sich seiner Jeans und seiner Prothesen entledigte, zog sie sich aus. Dann setzte sie sich vorsichtig auf ihn, und er ließ sich bereitwillig sein T-Shirt abstreifen.

Martin angelte nach der Decke, aber Kerstin hielt ihn zurück: „Nein, bitte nicht! Ich will dich sehen."

Er war noch immer sehr aufgeregt, aber sein Unbehagen wich langsam der Willenlosigkeit. Er ließ sich in die Kissen sinken und gab sich ihrer Zärtlichkeit hin. Ihre Küsse und Hände wanderten an seinem Körper entlang, vom Kopf bis zum Ende seiner Beine. Er ließ es geschehen. Sie war einfach entwaffnend. Kein vorsichtiges Schielen auf seine Stümpfe oder Zaghaftigkeit – sie berührte, streichelte, küsste und nahm sich, was sie wollte, ganz ohne Scheu, bis das Zimmer auch für ihn anfing, sich zu drehen…

Liebe braucht Kleider

von Beatrix Gietz

Hallo, mein Schatz, bist du fertig mit dem Ausmisten?", fragte mein Mann, als er zur Tür hereinkam.

„Ja, fix und fertig! Aber ich will das ja noch vor der Geburt schaffen."

„Das sieht man", sagte er, nahm mich in den Arm und streichelte sanft über meinen runden Babybauch.

„Du sollst dich doch nicht so anstrengen."

„Aber ich bin nur schwanger, nicht krank."

„Also kann das alles weg? Auch der Stapel hier auf dem Stuhl?", fragte er und war bereits dabei, alles in eine Kiste zu stopfen.

„Nein", schrie ich, „das ist doch unsere Geschichte."

Wahrscheinlich fragte er sich jetzt, ob eine Schwangerschaft sich auch auf das Gehirn auswirken könnte. Zumindest ließ sein Gesichtsausdruck darauf schließen.

„Unsere Geschichte, wie meinst du denn das?"

„Na, wie wir uns kennengelernt haben und wie aus uns ein Paar geworden ist." Wieder Fragezeichen in seinen Augen. Ich glaube, Männer können so etwas nicht nachvollziehen.

„Komm her, nimm mich in den Arm, dann erzähl ich es dir." Ich wühlte in der Kiste und zog ein Teil wieder heraus, das er hineingestopft hatte. „Hier das hellblaue Kostüm. Weiß du noch? Das hatte ich an, als ich dir das erste Mal begegnet bin."

Er grinste mich an und sagte: „Als ich dich aus dem Heu gezogen habe?"

Das hellblaue Kostüm

„Du verdammter Mistkerl!!"

Ich starrte dem davonfahrenden Wagen mit offenem Mund nach.

„Jetzt hat mich dieser Idiot doch tatsächlich auf dem Rastplatz stehen gelassen."

Ich hätte vor Wut platzen können, aber das half jetzt auch nichts. Der Streit, bei dem es immer um das Geschäft und unsere Lebensweise ging, war in letzter Zeit böse und gemein geworden, aber mich hier mitten auf der Autobahn stehen zu lassen, das war ja wohl das Stärkste, was mein Freund sich bisher geleistet hatte.

Ich schaute mich um: ein Rastplatz an der Autobahn, kein Mensch zu sehen, kein Auto, kein LKW.

Meine Handtasche, mein Handy – im Auto.

Hinter dem Rastplatz waren Wiesen, Felder und ein Bauernhof zu sehen. Sollte ich dorthin laufen oder lieber warten, bis jemand vorbeikommen und mich mitnehmen würde?

Ich musste etwas tun!

Also marschierte ich los. Im hellblauen Kostüm mit hochhackigen Sandalen über den nächsten Feldweg Richtung Bauernhof.

Was vom Parkplatz aus nah erschienen war, zog sich in Wirklichkeit ewig hin. Der Weg war steinig, ständig stolperte ich und ein paar Mal wäre ich beinahe hingefallen. Aber meine Wut hielt mich in Schwung. Nach einer Stunde kam ich bei dem vermeintlichen Bauernhof an, der leider nur ein Unterstand für Pferde war, in dem Stroh gelagert wurde. Erschöpft wie ich war, wollte ich mich eine kleine Weile ausruhen. Nur ein paar Minuten die Augen schließen, dann gehe ich weiter, war das Letzte, was ich dachte, bevor ich vor Erschöpfung tief und fest einschlief.

Von seltsamen Geräuschen geweckt, öffnete ich langsam die Augen.

Bis heute habe ich den Anblick dieses bis zur Dachreling mit Dreck bespritzten Ungetüms nicht vergessen. Der Landrover hatte angehalten, und die Tür wurde geöffnet. „Steigen Sie ein, ich habe keine Zeit, und reden können wir auch während der Fahrt", waren die ersten Worte, die ich von dir hörte.

Dass du blaue Augen und schwarze Haare hattest, groß und breitschultrig warst wie Pierce Brosnan, merkte ich erst später, denn es war schon dunkel. Ich verkroch mich tiefer ins Stroh. „Wer sind Sie und was wollen Sie von mir?", fragte ich in Richtung Auto. „Mir gehört diese luxuriöse Unterkunft, die aber nur für meine Pferde gedacht ist", hast du gesagt, mir die Hand hingestreckt und mich aus dem Heu gezogen. „Kommen Sie, ich bringe Sie zu meinem Hof!"

„Ich möchte aber lieber in die Stadt!", antwortete ich, weil du mir nicht so ganz geheuer warst.

„Also in die Stadt fahren kann ich Sie heute nicht mehr. Die Straße ist wegen einer Baustelle gesperrt und 30 Kilometer Umweg sind einfach zu viel. Sie müssen schon hier übernachten."

„So genau hast du dir alles gemerkt?", fragte Christian, mein Mann und der Chef des Hofes, auf dem ich heute glücklich mit ihm lebe. „Tja, den wichtigsten Moment in meinem Leben habe ich mir genau eingeprägt."

Cowboystiefel und Lederjacke

„Kannst du dich noch an diese Stiefel erinnern?", fragte ich Christian.

„Und ob! Ich hatte schon lange nicht mehr so gelacht", grinste er und duckte sich vor dem Kissen, das ich nach ihm warf.

„Du hast umwerfend ausgesehen. Wie aus einem Western entsprungen."

„Ich dachte, das trägt man so auf deinem Reiterhof, weil ich die Sachen im Schrank im Gästezimmer gefunden habe. Außerdem hatte ich keine anderen Klamotten dabei."

„Als du morgens in die Küche kamst und gefragt hast, ob du bleiben und bei mir arbeiten könntest und das noch dazu in diesen Cowboystiefeln und der Fransen-Lederjacke, da konnte ich nicht anders als lachen. Damals dachte ich nur, wie werde ich sie wieder los. Aber gleichzeitig hatte ich großen Respekt vor deinem Mut, alles hinter dir zu lassen und etwas Neues zu versuchen."

„Und deshalb hast du mich auch gleich den Stall ausmisten lassen und nicht nur eine Box. Dafür müsste ich jetzt noch eine Wiedergutmachung fordern!"

„An was hattest du da gedacht?", fragte Christian, um mich gleich darauf ausgiebig zu küssen.

„Das war aber nur die Anzahlung. Ich komme heute Abend noch darauf zurück", antwortete ich frech und dachte an die schönen Momente, wenn wir auf der Couch oder im Bett zusammen waren. „Gott sei Dank, bin ich dich nicht losgeworden", meinte Christian und küsste meine Handfläche, „sonst wäre ich heute noch allein."

„Aber nun zeig mal, was du noch aufheben willst. Die alte Barbourjacke?"

„Genau die! Mit den Blutflecken drauf."

Die Barbourjacke

Ich sollte dich an diesem Abend zum ersten Mal auf deinem abendlichen Kontrollgang durch den Hof und um die Koppeln begleiten. Du wolltest mir zeigen, auf was ich dabei achten musste. Als wir in die Nähe der ersten Koppeln kamen, verhielten sich die Tiere anders als sonst. Ein Jährling lag auf dem Boden, und du begannst zu rennen. „Da ist was passiert, beeil dich!", riefst du und hast das Gattertor aufgerissen. „Verdammter Mist, komm' her, du musst mir helfen!"

Das wollte ich auch, aber als ich sah, dass das Fohlen stark blutete, wurde mir erst einmal schlecht. „Stell dich nicht so an. Komm her, nimm deinen Schal und drück ihn auf die Wunde. Setz dich neben das Fohlen. Ich hole den Pferdehänger und bin gleich zurück."

Ich kniete mich also neben das Pferd und redete ihm gut zu. Es schien zu merken, dass ich ihm helfen wollte und hielt still. Langsam wurde es dämmrig. Ich begann mich unwohl zu fühlen, redete aber weiter auf das Pferd ein. Du kamst und kamst nicht. Zu allem Übel begann es auch noch zu regnen. Ich hatte eine Barbourjacke mit, die den Regen abhalten sollte. Dafür muss man sie aber anziehen und nicht als Kissen für ein Pferd benutzen. Kurz und gut, ich war nass bis auf die Haut, und meine Beine waren eingeschlafen, weil ich nicht wagte, meine Position zu verändern, bis du endlich kamst und den Tierarzt gleich mitbrachtest.

Erst als das Fohlen verarztet und auf den Hänger geladen war, hast du dich zu mir umgedreht und bemerkt, dass ich nicht da war. Ich saß etwas abseits auf der Wiese und war so kalt und nass, dass ich mich kaum bewegen, geschweige denn aufstehen konnte.

„Du bist ja klatschnass!" Mit klappernden Zähnen, versuchte ich dir zu erklären, dass ich nicht aufstehen konnte. Da hast du mich einfach auf den Arm genommen, zum Wagen getragen und auf den Beifahrersitz gesetzt. „Der Doktor muss halt bei seinem Patienten mitfahren", hast du gesagt, und die Heizung auf Anschlag aufgedreht. Auf dem Hof angekommen, hast du einem Stallknecht Anweisungen für das Fohlen gegeben, mich aus dem Wagen gehoben und direkt in dein Badezimmer getragen. „Ich lasse heißes Wasser in die Wanne laufen, und du legst dich für mindestens 20 Minuten da rein. Ruf mich, wenn du fertig bist. Ich bringe dir etwas zum Anziehen und etwas Heißes zum Trinken."

Weg warst du, und ich schleppte mich in die Badewanne. Während ich wieder warm wurde, fing ich an zu weinen. Ich heulte und heulte wegen Allem, wegen des Fohlens, und weil ich mich in dich verliebt hatte! Du warst zwar immer nett zu mir, aber ich konnte keinerlei Anzeichen von besonderer Zuneigung von deiner Seite erkennen.

„Hey Anne, ich bringe dir einen Jogginganzug und eine heiße Milch mit Cognac." Du hattest die Tür geöffnet, und als du mich so verheult in der Wanne sahst, kamst du herein, knietest sich neben die Wanne und hast über mein Gesicht gestreichelt. Das tat so gut. Ich schmiegte mein Gesicht in deine Hand und schloss die Augen.

„Komm, das Wasser wird kalt. Ich helfe dir", sagtest du und hieltest mir das Badelaken hin, damit ich aus der Wanne steigen konnte. Dann hast du mich darin eingewickelt und mich auf das Sofa getragen. „Hier trink deine Milch!"

„Danke", flüsterte ich, nahm meinen gesamten Mut zusammen und sagte: „Ich friere immer noch, kannst du mich noch etwas warmhalten?"

Du hast dich neben mich gesetzt, mich auf deinen Schoß gezogen und begonnen, mir kleine Küsse auf den Hals und meine Schultern zu geben. Es fühlte sich alles so vertraut und wunderschön an.

„Du schaust so verträumt, Anne. Ist die Erinnerung so schön?"

„Oh ja, und wie."

„Aha! Aber so werden wir nie fertig, und das Baby ist da, bevor wir alles ausgeräumt haben. Also welche Sachen hast du noch?"

Ich hielt ihm ein dunkelgrünes Cocktailkleid vor die Nase, und er musste schlucken. „ Weißt du noch, Hannover?"

„Oh ja, daran kann ich mich noch sehr genau erinnern."

Das grüne Cocktailkleid

Ein Wochenendtrip? Nach Hannover zum Jahresreffen der Pferdezüchter? Aha! So hatte ich mir unsere erste gemeinsame Reise nicht vorgestellt. Zusammen unterwegs waren wir oft, weil du als Springreiter an Turnieren teilnahmst, aber allein waren wir noch nicht verreist. Ich malte mir romantische Stunden aus, aber es kam anders. Ich höre dich noch sagen: „Heute Abend gehen wir zu der Veranstaltung, und der Rest des Wochenendes gehört nur uns."

Auf dem Empfang hörte ich immer wieder: „Hallo Christian, Marina ist auch schon da." Oder: „Hast du Marina schon gesehen?"

Ich zog dich eine ruhige Ecke. „Wer zum Teufel ist Marina?"

„Marina? Eine alte Bekannte. Sie reitet auch und züchtet Pferde."

Als ich ihr dann gegenüberstand, war klar: Alt ist etwas anderes. Die Frau sah fantastisch aus und benahm sich, als ob du ihr gehörtest. Dauernd hatte diese Marina eine Bitte an dich: „Kannst du mir einen Drink holen… Mir ist so kühl, kannst du das Fenster schließen… Bitte bring mich hier weg, ich kann diese Leute nicht leiden."

Ich konnte sie nicht ertragen, was dich aber nicht zu interessieren schien.

„Ich bin hungrig und müde, lass uns gehen", lamentierte ich und fand mich dabei selbst ziemlich jämmerlich. Heute weiß ich es besser, aber damals stürzte eine Welt ein. Ich dachte, du hättest eine Andere.

„Geh doch schon rauf und lass dir etwas zu essen aufs Zimmer bringen. Ich komme dann nach."

So abserviert zu werden, kränkte mich sehr. Ich ging aufs Zimmer, schloss ab und ließ den Schlüssel stecken. Solltest du doch bei dieser Marina bleiben. So etwas hatte ich schon einmal mit Klaus erlebt, und das wollte ich auf keinen Fall wieder durchmachen. Ich hatte geglaubt, dass du anders wärst.

Als du an die Tür klopftest, antwortete ich nicht. Du konntest nicht hereinkommen, und ich machte nicht auf. Ich zog mir die Decke über den Kopf und plötzlich kamen mir die Tränen.

„Hey, du brauchst doch nicht zu weinen. Ich bin ja da", hörte ich plötzlich deine Stimme und du zogst mir die Decke weg.

„Ich weine doch gar nicht", schniefte ich. „Wie bist du denn reingekommen und was ist mit dieser Marina?"

„Reingekommen bin ich über den Balkon."

„Wo ist Marina?"

„Keine Ahnung! Ich bin froh, dass ich diese arrogante Schnepfe losgeworden bin, nachdem ich ihr ein sehr gutes Nachwuchspferd abgekauft habe. Bist du etwa eifersüchtig?"

„Nur ein ganz kleines bisschen", gestand ich.

„Ich hatte damals schon befürchtet, dass ich den Ring wieder zum Juwelier zurückbringen müsste", grinste Christian mich an. „Das war vielleicht eine Kletterpartie über den Balkon. Ganz schwindelfrei bin ich ja auch nicht. Aber ich hatte einfach Angst, dass es aus sein würde, wenn ich dir nicht sofort alles erklären könnte."

„Den Ring hast du mir dann doch gegeben und das Wochenende wurde sehr romantisch. Also, von Hannover habe ich nicht viel gesehen. Den Ring habe ich ganz feierlich und offiziell ein halbes Jahr später in unserer Dorfkirche bekommen. Und jetzt erwarten wir ein Baby. Das Leben ist schon verrückt."

Verliebt - Verlor'n -Verteufelt

von Claudia Augustini

Topp - die Wette gilt!", schlägt Luzifer ohne jeden Zweifel am Gelingen ein. Der Wetteinsatz des alten Herrn ist zu verlockend: Wenn er gewinnt, darf er die gesamte Europäische Währungsunion in den Ruin treiben.

„Ein bisschen Vorsprung hab ich dabei ja schon", denkt sich Luzifer, „Griechenland hat da ja schon erfolgversprechend vorgelegt."

Sein eigener Wetteinsatz ist allerdings auch nicht ohne. Für ihn geht's ums Ganze. Wenn er scheitert, verliert er umgehend seine himmlisch teuflische Macht und ist zum Menschsein verdammt. Zu einem Sterben auf Raten also. Mensch ist das Letzte, was man als Teufel werden möchte. Aber der Wettgegenstand lockt. Der ist ganz nach seinem Geschmack, und der Wettpreis ist so einfach einzustreichen.

„Eine junge Frau, Mitte dreißig, mitten im Leben, stark, charakterfest, prinzipientreu und ich wette, es wird dir nicht gelingen, sie zu verführen", lautet Gottes Angebot. Da jubelt der Teufelsdreizack, der Bockshuf scharrt und der Teufelsschwanz reckt sich in die Höhe.

„Und ob es mir gelingt, sie zu verführen!", jubelt Luzifer siegesgewiss in sich hinein.

„Du wirst im Kloster Morgauthal an einem Seminar teilnehmen", reißt Gott ihn aus seiner Vorfreude, „dort wirst du sie treffen. Sie heißt Anna und... "

„Mehr muss ich nicht wissen. Lass mir den Rest getrost als Überraschung", stoppt Luzifer ihn. „Gib mir nur die Adresse und tröste hinterher konfessionsübergreifend die jammernden Europäer."

Ohne im Geringsten hinzuhören, was Gott weiter ausführt, macht sich Luzifer in menschlicher Gestalt unter dem Namen Marc Wolters auf den Weg zu seinem Wettsieg.

„Eine Frau zu verführen ist einfach. Du sagst ihr, wie sehr du sie bewunderst, dass sie die Schönste ist, dass du völlig willenlos bist in ihrer Gegenwart, dass sie dich in ihrer Hand hat, dass sie mit dir tun kann, was sie will. Von dieser gefühlten Macht, dieser vorgetäuschten Handlungsfreiheit, diesem Gefühl, dich unter Kontrolle zu haben, ist jede Einzelne derart eingenommen, dass sie nicht merkt, wie sehr sie von dir ausgenommen und manipuliert wird. Das ist der Moment, in dem du mit keiner nennenswerten Gegenwehr mehr rechnen musst und alles von ihr bekommst, was du möchtest.

So funktioniert es immer wieder. Mit der einen oder anderen Variation. Da ist es dann - fast langweiligerweise - egal, ob du Mensch oder Teufel bist. Es ist planbar, zuverlässig, einfach.

Nicht, dass es deshalb weniger Spaß machen würde...

Spannend bleibt immer, wie lange du brauchst. Das ist wie die Jagd nach dem High-Score beim Gaming. Schneller, höher, weiter - das steigert den Reiz. Das Ende ist sowieso klar, ich komme zu meinem Ziel und gewinne. So ist es jedes Mal ausgegangen, in all den hunderten und tausenden von Jahren." Mit diesen Gedanken steuert Marc nach kurzer Fahrt seinen schwarzen Dodge Challenger durch das weit geöffnete, schmiedeeiserne Tor des Klosters. Er genießt das satte Geräusch, das die breiten Reifen auf dem Kies des Parkplatzes erzeugen. Dieser Wagen, seitlich mit zwei roten Streifen verziert und natürlich mit roten Ledersitzen ausgestattet, ist mit Abstand das protzigste Auto, das er auftreiben konnte. Er fühlt sich wohl darin, es stachelt ihn an. Als Teufel hat man schließlich auch einen Status zu verteidigen und einen gewissen Stil zu wahren. Außerdem gehört eine gesunde Portion Eigenmotivation zu jedem Auftrag dazu.

Hier im Kloster wird er also in den folgenden sieben Tagen an dem Seminar „Timeout statt Burnout" teilnehmen, um an Anna heranzukommen. Sicher ist sie ebenfalls Teilnehmerin an diesem Seminar. „Das macht es ja noch einfacher", lacht er in sich hinein. „Raus aus dem normalen Umfeld. Zeit zur freien Ausgestaltung. Das sind ideale Voraussetzungen!"

Schwungvoll steigt er aus dem Wagen aus, wirft sein Jackett über die linke Schulter, verschließt mit einem Daumendruck auf den Schlüssel die Zentralverriegelung und geht in Richtung Pforte.

Neben dem Plakataufsteller mit Informationen erwartet ihn schon die Leiterin des Seminarhauses. „Guten Tag und willkommen in unserem schönen Kloster, ich bin Schwester Anna", begrüßt sie ihn freundlich. „Sie kommen zu unserem Seminar?"

Während Luzifer eine Sekunde lang überrascht die Luft anhält, streckt Schwester Anna ihm die rechte Hand entgegen.

„Guten Tag. Marc Wolters", stellt er sich vor, „ja - ich konnte mich noch kurzfristig anmelden."

Jetzt wird ihm klar, warum der alte Herr so verschlagen gegrinst hat. „Das hast du dir so gedacht. Aber du wirst sehen, dass mich das nicht aufhalten kann. Das ist ja wie das Salz in der Suppe", freut sich Marc mit funkelnden Augen. „Eine Nonne, Braut deines Sohnes. Das macht es ja erst richtig pikant! Diesen Wettgewinn einzufahren, wird mir doppelt Spaß machen", denkt er sich und lächelt genüsslich.

„Ich freue mich, Sie begrüßen zu dürfen. Ich hoffe, Sie werden bei uns finden, wonach Sie suchen."

„Davon bin ich überzeugt", antwortet Marc, während er ihr die Hand reicht. Sein Lächeln hat inzwischen das ganze Gesicht eingenommen.

Am ersten Tag des 7-Tage-Seminars steht Yoga, Stressbewältigung und Achtsamkeit auf dem Programm, und Marc stellt beim Blick in die Teilnehmerrunde befriedigt fest, dass er für diesen Einsatz die passende Gestalt gewählt hat. Außer ihm sitzen hier ein Investmentbanker, ansonsten IT-Projektleiter, Gruppenleiter einer Versicherungsgesellschaft und Immobilienmakler. Die üblichen Burnout-Kandidaten, zwischen 35 und 50 in Stressberufen. Über diese Bestandsaufnahme hinaus interessieren ihn die Teilnehmer und auch der Seminarinhalt nicht im Geringsten. Seine ganze Aufmerksamkeit gilt Schwester Anna. „Mal sehen, an welchem Punkt ich bei ihr den Hebel ansetze. Irgendeine schwache Stelle hat jede. Bei Anna sind es wohl nicht die üblichen, wie eine Mondschein-Ausfahrt in meinem geilen Wagen, shoppen gehen und ins beste Geheimtipp-Restaurant der näheren Umgebung einkehren", sucht er seine Muster durch. „Aber sie ist auch nur eine Frau. Daran ändert dieses Ordensgewand nichts. Zwar bietet es etwas Schutz und Abgrenzung. Aber das tut jedes andere Business-Outfit genauso. So gesehen gibt es keinen Unterschied zwischen einer äußerlich taffen Geschäftsfrau und einer Nonne. Ich habe ja ausreichend Zeit, sie zu beobachten. Die klassischen 7 Tage. Und im Beurteilen von Stärken, Schwächen, Beweggründen, Zweifeln bin ich ja schließlich geübt. Wenn *ich* sie nicht kriege - wer sonst?"

Mit spielerischer Sicherheit und geballter Empathie führt Anna die Gruppe durch das Wochen-Seminar. Sie schafft es, jeden persönlich abzuholen, zur Mitarbeit zu bewegen, sich für die Seminarinhalte zu öffnen.

Souverän geht sie mit Fragen und Einwänden um. Jederzeit hält sie überlegen die Fäden in der Hand. Daran, was sie tut und wie sie es tut, merkt man, dass sie als Leiterin des Seminarhauses und als Leiterin dieses speziellen Seminars auf dem richtigen Posten eingesetzt ist.

Marc betrachtet sie mit zunehmender Anerkennung. „Hey - stopp!", meldet sich der innere Luzifer. „Anerkennend denkt ein Teufel nur über sich selbst. Etwas mehr Zielorientierung und Rollenbewusstsein!"

Die Seminartage vergehen allerdings ohne jede, auch nur die geringste Gelegenheit für Marc, seinem Ziel näher zu kommen. Nichts scheint hier zu passen. Er nimmt das ein oder andere Vorgehen in die engere Wahl und verwirft alles wieder. „Ich sollte das Ganze lockerer angehen. Ich habe ja noch einen ganzen Tag Zeit. Der alte Herr hat auch erst am 7. Tag sein Werk vollendet; das mach ich ihm jetzt nach", denkt er und schaut Anna nach. Sie möchte die Seminargruppe heute durch die frisch renovierte Klosterkirche führen. Marc fühlt sich ziemlich beobachtet, als er hinter ihr die Kirche betritt. „Na ja - ist ja quasi ein Termin beim Chef."

Seine Laune bekommt unerwartet Flügel, als Anna die Gruppe in die Sakristei führt. Schon beim Betreten des Raumes fühlt er sofort, dass hier Unrecht geschehen ist. Über Jahrhunderte hinweg. Teuflisch erregend! Jahrhunderte von sexuellem Missbrauch, Schuld, Scham, Angst. „Wie herrlich beklemmend." Er schließt die Augen und saugt die Spannung in sich auf.

Leicht benommen schlägt Marc die Augen wieder auf und sieht Anna, die mit Begeisterung über die Renovierung der Kirche berichtet. Ihre schlanke Gestalt, ihr gut geformter Körper sind trotz Ordenstracht anregend gut zu erkennen. Mit einer geschmeidigen Handbewegung zeichnet sie schwungvoll die Deckenbemalung nach. Der Blick der Gruppe folgt der Richtung des Arms zur Decke. Die Teilnehmer betrachten aufmerksam die Blumenranken in den Spitzen der gotischen Bögen. Diesen ausgestreckten Arm würde Marc jetzt gern am Handgelenk greifen und festhalten. Er sieht sich mit der anderen Hand an der Innenseite ihres Arms bis hin zur Achselhöhle streichen, sie dann an der Taille packen, in die Höhe heben und auf dem Arbeitstisch zwischen dem Blumenschmuck und dem Leuchter absetzen. Während er noch überlegt, wie er sie am geschmeidigsten aus ihrer Ordenstracht herauspellt, reißt Annas Stimme ihn aus seinen Träumen. „Haben Sie noch eine Frage Herr Wolters? Sie schauen so konzentriert." Sie sieht umwerfend aus. Den Kopf leicht zur

Seite gelegt, schaut sie ihn mit einem freundlichen, fast liebevollen Lächeln an.

Wenn er jemand anderes wäre, würde er sich jetzt über seine Gedanken von eben erschrecken.

„Marc", schüttelt der innere Luzifer den Kopf „Du lässt dich ablenken. Du verlierst dich. Etwas mehr Konzentration bitte. Nicht träumen sondern handeln!"

Sie verlassen die Kirche wieder und schlendern geradewegs über den Hof, um in die Cafeteria zum Abendessen zu gehen. Anna vorneweg. Wie mit einem Donnerschlag ändert sich die Szenerie. Fünf schwere Motorräder, gelenkt von tätowierten, muskulösen Kerlen mit langen, speckigen Haaren, donnern durch die Pforte. Ihre alten, abgewetzten Lederjacken sind mit Totenköpfen verziert und mit Schriftzeichen in fetter Fraktur, deren Bedeutung für Außenstehende nicht zu entziffern sind, die aber nichts Gutes verheißen. Sechs von ihnen versuchen die Gruppe einzukreisen, während zwei sich kurz hinter der Pforte postieren und die Motoren laut aufheulen lassen. Sie füllen den Innenhof mit ohrenbetäubendem Lärm und blankem Schrecken.

„Gehen Sie zurück in die Kirche!", ruft Anna den Seminarteilnehmern zu, während sie selbst, scheinbar ohne Angst, die Jeanne d'Arc aus Kloster Morgauthal, auf die Rocker zugeht.

„Ja, will sie denn alle ganz alleine retten?", wundert sich Marc und spürt plötzlich den ungehörigen, für seinen Daseinszweck völlig unangemessenen Wunsch, ihr zu helfen. Sein Auftrag, seine Kernkompetenz als Teufel ist seit jeher fest definiert und klar umrissen: Tu Böses!

„Helfen, soweit kommt's noch", raunt ihm sein innerer Luzifer zu, „das kommt im Leistungs-Portfolio eines Teufels überhaupt nicht vor!"

Verächtlich wiegelt er ab: „Ich und helfen. Das ist doch Teil meines großartigen Plans. Ich zeig's diesen Kerlen, mache ihnen die Hölle heiß. Für Anna sieht das Ganze dann so aus, als ob ich ihr helfe. Sie wird mir voller Dankbarkeit erliegen. Ich sehe es schon vor mir, wie ich sie in den Armen halte, wie sie ihren Kopf an meine Brust legt, wie ihr Duft mir in die Nase steigt, wie mein Kinn über ihre Stirn streicht, wie sie ihren Kopf hebt, wie meine Wange zu ihrer Schläfe wandert, wie ihre Augen meinen Blick suchen, wie ihre Lippen mich anflehen, sie zu küssen."

„Macht, dass ihr hier wegkommt!" Annas feste, entschlossene Stimme durchbricht seine Gedanken. „Ihr habt hier nichts verloren!"

„Du lügst dir doch selbst in die Tasche", warnt sein innerer Luzifer.

Nach kurzer Irritation schließt Marc die Augen und mobilisiert seine teuflischen Kräfte. Die Motoren heulen auf, der Gashahn bis zum Anschlag hochgezogen, alle Umdrehungen ausgenutzt, verlieren die Rocker die Kontrolle über ihre Maschinen. Der Boden unter den Reifen glüht. Die Kieselsteine des Hofs spritzen in alle Richtungen. Die Seminarteilnehmer rennen in die Kirche. Doch Anna - sie steht da wie eine Galionsfigur. Marc stellt sich vor sie.

„Und du hilfst ihr ja doch! Du beschützt sie!", ruft sein innerer Luzifer.

„Nein!", ruft ihm Marc entgegen, greift immer tiefer in seine böse, diabolische Trickkiste hinein und heizt der Bande richtig ein. Er lässt die Vorderräder der Motorräder blockieren, so dass die Kerle sich fortwährend im Kreis um sich selbst drehen und die Hinterräder sich immer tiefer in den Kies graben. Den Boden unter den Füßen, mit denen die Kerle versuchen, die Motorräder abzustützen, bringt er zum Glühen. Luzifer treibt sein Spiel bis knapp an die Grenze und genießt den Zorn, die Flüche und die Hilflosigkeit der Kerle. Es vergeht einige Zeit, bis er sie aus seinem Griff entlässt und die Gang völlig verstört das Weite sucht.

In den Fahrspuren im Kies legt sich der Staub, Marc nickt mit sich zufrieden. Er dreht sich um und blickt - in einen leeren Hof. Von der Seminargruppe und vor allem von Anna keine Spur.

„Na, wo ist er hin, der schmachtende Kuss?", fragt der innere Luzifer.

„Sie hat noch nicht mal Danke gesagt."

„Danke?"

„Ich muss nachdenken!"

Marc zieht es in die Kirche. Als Ex-Engel macht es Sinn, sich dort einen Rat zu suchen, wo man unter sich ist. Er setzt sich in eine der langen Holzbänke und wartet, horcht in sich hinein: „Was ist das? Ich fühle mich scheiße. Das bin nicht ich selbst. Und dabei fing es so gut an. Alles war klar. Berechenbar. Jetzt fühle ich mich leer, schwach, verletzt, zurückgewiesen, ungeliebt, tragisch, verloren – menschlich..."

„Ich jedenfalls kann dir darauf nur antworten", verabschiedet sich der innere Luzifer in einem bedauernden Ton, „dass du mich überflüssig gemacht hast. Wir hatten eine tolle Zeit, aber sie ist vorbei - du bist falsch abgebogen…"

Luzifer sitzt da, die Unterarme auf die Oberschenkel aufgelegt, den Kopf herabhängend. „Verdammt nochmal! SIE sollte sich in MICH verlieben und nicht umgekehrt." Er blickt auf zum Kreuz. Zum Teufel - es ist aus! Timeout UND Burnout! Er ist Mensch!

Wenn der Staub sich legt

von Annette Weyhofen-Schultheis

Ella stand auf dem Leinpfad in Eltville am Rhein. Sie schaute gedankenlos den vorbeifahrenden Schiffen hinterher und lies das Stimmengemurmel, das vom nahe gelegenen Weinstand herüberschwappte, an sich vorbeirauschen. Die Stimmung war ruhig, der Abend lau.

Ein Radfahrer kam den Leinpfad entlang und übersah einen freilaufenden Hund, der plötzlich über den Weg stürmte. Der Radfahrer bremste, kam ins Schleudern, stürzte und rutschte über den staubigen Boden. Eine Staubwolke umhüllte Ella und der Wolke entstieg ein mit Schrammen überzogener junger Mann mit dunklen halblangen Haaren. Seine braunen Augen, sein Blick und dann sein verzweifeltes Nichts-passiert-Grinsen. Ella stand wie angewurzelt da. Wow, ist der süß, dachte sie und grinste zurück. Sie konnte den Blick nicht von ihm lösen.

Dann ging alles ganz schnell. Ein Rettungswagen kam. Der verletzte Radfahrer rief Ella noch kurz zu, ob sie sich um sein Fahrrad kümmern könne, sein Name sei Rafael Bringer. Die Sanitäter sagten Ella, in welches Krankenhaus sie fahren würden. Die Türen des Krankenwagens schlossen sich. Das Martinshorn wurde eingeschaltet und Ella stand mit dem ruinierten Fahrrad erneut in einer Staubwolke.

Am nächsten Tag machte sie sich auf ins Krankenhaus nach Wiesbaden. Sie fand einen mit vielen Verbänden versehenen Rafael in einem Bett liegend. Er lächelte. Sie lächelte. Wieder konnte sie einfach nicht anders, sie musste ihn unentwegt anschauen. Nach kurzer Zeit fanden sich wie magisch angezogen ihre Hände. So saß Ella an seinem Bett. Sie war umhüllt vom Zauber des Moments. Irgendwann kam eine Krankenschwester ins Zimmer. Ella löste ihre Hand aus seiner und verschwand.

So verliefen die folgenden Tage. Ella besuchte Rafael so oft sie konnte im Krankenhaus. Sie schaute ihn an, hielt seine Hand und lächelte.

Nach einer Woche wurde Rafael entlassen, und Ella traf ihn immer nach Feierabend. Von ihrer Umgebung nahm sie kaum mehr etwas wahr. Ein zuckersüßer Schleier hatte Ellas Herz umhüllt.

Rafael erklärte Ella, er habe eine Beziehung - Isa. Er sagte Ella, dass sie sich zurzeit in der Trennungsphase befänden und Isa jetzt eine eigene Wohnung suche. Für Ella war klar, dass er in einer so schwierigen Zeit nicht länger auf Isa treffen sollte. Sie gab ihm ihren Wohnungsschlüssel, damit er, auch wenn sie nicht da war, ein unbeschwertes Zuhause hatte.

Wann immer Ella auch nur an Rafael dachte, machte ihr Herz einen Freudensprung. Wenn sie ihn sah, kitzelte es in ihrem Bauch. Hunger verspürte sie kaum. Einzig den Hunger nach Rafael, der nie zu stillen war. Die Sehnsucht. Die Erfüllung, wenn sie beieinander waren. Der Schmerz der Trennung, wenn auch nur für einen Tag. Das Wichtigste überhaupt – jetzt - war Rafael für sie. Rafael hören. Rafael sehen. Rafael spüren.

Ella war rund ein halbes Jahr der realen Welt entrückt, bis Rafael ihr erzählte, er habe Isa wieder getroffen. Zufällig. Beim Einkaufen. Sie hätten sich gut unterhalten und natürlich habe er sich gefreut. Isa sei ja so der Kunst verpflichtet. Isa hinterfrage stets und ständig alles und verarbeite ihre kritische Denkweise in ihren Werken. In München habe sie gerade ausgestellt. Sie habe inzwischen große Erfolge mit ihren Gemälden. Er finde es schön, dass Isa und er sich jetzt wieder ganz normal begegnen könnten.

Da war er. Der Stich. Seine Worte, wie Klingen. Sie trafen mit kleinen spitzen Stichen immer wieder Ellas Herz. Ella sah ihn prüfend an. Sie wollte das alles nicht hören. Sie konnte seine Schwärmerei nicht ertragen.

Wie eine Welle kam sie hoch in ihr, die Eifersucht. Sie nahm Stück für Stück von ihr Besitz. Unfähig, einen klaren Gedanken zu fassen, verlangte sie wütend ihren Wohnungsschlüssel zurück. Rafael knallte die Schlüssel auf den Tisch und verschwand.

Sie konnte sich nicht mehr konzentrieren. Sie begann zu zittern. Nein, nicht noch einmal wollte sie verletzt werden. Ihr Herz. Sie wollte es behalten. Sein Herz. Sie wollte es nicht teilen.

Verzweifelt bettelte Ella am nächsten Tag Rafael an. Er möge doch zurückkommen. Er möge ihr verzeihen. Sie habe völlig überreagiert. Sie liebe ihn und fände es auch schön, dass er seine Vergangenheit mit ihr teile.

Rafael kam wieder. Ella spürte zwar noch den moorigen Boden der Unsicherheit, jedoch fand sie bald wieder den sicheren Pfad der Liebe unter ihren Füßen.

Seither ist einige Zeit vergangen.

Heute wollte er kommen. Jetzt. Freitag, 18.00 Uhr. Zu ihr. Zu Ella. Doch er ist nicht da. Wo ist er? Das Telefon läutet nicht. Die Wohnungsklingel bleibt still. Die Ruhe schlägt Ella ins Gesicht.

Er ist nie unpünktlich gewesen und nun, es ist fast 18.30 Uhr. Ella stellt sich vor, dass Rafael wieder auf Isa getroffen ist. Versunken in ein ach-so-unglaublich-anregendes Gespräch.

Inzwischen ist es 19.00 Uhr. Diese Schlange, denkt Ella. Sie wird kämpfen. Ja.

20.00 Uhr. Ella ist jetzt nicht nur enttäuscht, sie ist sauer. Sie schnappt sich erneut ihr Smartphone und ruft auf Rafaels Handy an. Es klingelt. Einmal. Zweimal. Dreimal. Mit jedem Klingelton verliert Ella ein Stück ihres Muts. Viermal. Ihr Herz schlägt lauter. Fünfmal. „Hallo?" Eine weibliche Stimme meldet sich. Ella wird blass. Nein, sie will es nicht. Sie will es nicht glauben. Wie bodenlos unerhört. Einem plötzlichen Impuls folgend legt Ella auf. Sie starrt auf ihr Handy. Tränen schießen in ihre Augen. Ihr Herz droht zu zerbrechen. „Neiiin!" schreit Ella innerlich, als es plötzlich an der Tür klingelt.

Mit ihrem verheulten, aufgeschwemmten Gesicht will sie jetzt auf keinen Fall jemanden sehen. Niemanden. Sie stellt sich still. Da klopft es an ihrer Wohnungstür. Erst zurückhaltend, dann kräftiger. Dann hört sie „Ella! Ella? Ella, mach auf! – Bitte! - Du musst doch da sein. Ella?!"

Das ist eindeutig Rafaels Stimme. Was glaubt der, was er sich erlauben kann? Zuerst sich mit Isa vergnügen und dann unschuldig daher kommen. Trotzig bleibt sie stumm. Gleichzeitig fängt ihr Handy an zu klingeln. Rafael - meldet das Display. Natürlich, wer sonst. Zerrissen zwischen der Sehnsucht nach ihm und ihrer Eifersucht auf Isa, weiß Ella einfach nicht, wie sie jetzt reagieren soll. Es klopft weiter an der Tür. Ihr Handy zeigt weiter Rafael an. Plötzlich wird es still. Er hat es aufgegeben. Rafael ist gegangen. Auch das Handy hört auf zu läuten.

Ella bleiben nur noch Tränen. Ihre Seele schmerzt. Ihr Herz. Jetzt ist die Wut gegangen, und eine tiefe Traurigkeit nimmt sie ganz ein.

Eine gefühlte Ewigkeit Ruhe. Da läutet Ellas Handy erneut. Das Display zeigt wieder Rafael an. Inzwischen haben sich ihre Weinkrämpfe gelegt. Dumpfe Leere breitet sich in ihr aus. Sie ist nur noch ruhig, wie in Trance. Und wie in Trance geht sie an ihr Handy. Wieder meldet sich die Frauenstimme:

„Hallo, bitte, legen Sie nicht gleich wieder auf! – Bitte! Ein Kunde hat sein Handy liegen gelassen und ich möchte einfach wissen, wem ich es zurückgeben kann. Sie hatten vor einiger Zeit angerufen. Bitte, können Sie mir sagen, an wen ich mich wenden kann? - Und, ach, ich muss mich kurz vorstellen. Krieger mein Name, vom Eltviller Blumenhaus."

Das Gefühl kommt schleichend, wie von hinten durch die Brust. Sie hat ihm Unrecht getan. Er wollte Blumen für sie besorgen und hatte im Geschäft sein Telefon vergessen. Wie konnte sie nur so eifersüchtig sein? Immer wieder passiert ihr das. In jeder Beziehung. Wenn diese sich etwas gefestigt hat, sieht sie ihre Liebe in Gefahr. Hinter allem und jedem sieht sie eine Bedrohung.

Jetzt wird ihr schlecht. Wie soll sie ihm ihr Verhalten erklären?

Nachdem Ella das Gespräch mit der netten Frau aus dem Blumenhaus beendet hat, versucht sie, Rafael auf dem Festnetz anzurufen. Aber - er geht nicht ans Telefon. Der Anrufbeantworter spricht mit ihr. Mit leiser Stimme stammelt Ella ein paar Sätze über plötzliches Unwohlsein, ein paar Worte der Entschuldigung und der Bitte, er möge Sie besuchen kommen. Dann legt sie wieder auf.

Gleich wird er wieder zu ihr kommen. Gleich wird er an der Wohnungstür stehen, und sie werden sich in den Armen liegen, und alles wird wieder gut.

Es vergeht eine weitere Stunde. Nichts geschieht. Kein Klingeln - weder an der Tür noch am Telefon.

Also doch, denkt Ella. Vielleicht hat er keine Blumen für sie, sondern für Isa geholt. Vielleicht ist er mit den Blumen zu ihr gegangen. Vielleicht hat sie nur geträumt, dass er an ihrer Tür geklopft hat. Natürlich. Er ist auch nicht anders als andere Männer. Wer weiß, wie lange das schon geht. Plötzlich weiß sie, dass sie ihm nie mehr wird glauben können. Nie mehr ihm vertrauen.

Ellas Gedanken, Ellas Gefühle spielen verrückt. Immer wieder verspürt sie den Drang, ihn anzurufen. Dann verwirft sie die Idee wieder und gibt sich ihrem Selbstmitleid hin, gefolgt von dem Bedürfnis, ihn zu Hause aufsuchen zu wollen, was sie dann doch wieder verwirft.

23.15 Uhr. Ellas Telefon läutet. Jetzt ruft er an. Ha! Wer weiß, was er ihr jetzt für ein Märchen erzählen wird, denkt Ella. Sie schaut zunächst auf das Display des Telefons. Es zeigt keine Nummernkennung an. Was soll denn das jetzt für ein Spiel werden? Sie nimmt den Hörer ab.

Eine männliche Stimme meldet sich. Es ist nicht Rafael. Der Anrufer erzählt Ella, dass er ihr von Rafael etwas ausrichten solle und dafür müsse er sie treffen.

Ella versteht gar nichts mehr. Sie sagt dem Fremden, dass sie auf keinen Fall mitten in der Nacht einen Unbekannten treffen werde. Sie glaube ihm kein Wort.

Ihr Herz überschlägt sich inzwischen regelrecht. Es hämmert so laut, dass sie kaum mehr richtig versteht, was der Mann zu ihr sagt. Er teilt ihr mit, dass sie, falls sie wissen wolle, was mit Rafael sei, jetzt kommen müsse. Später sei dies nicht mehr möglich. Es werde dann niemand mehr den Kontakt zu ihr aufnehmen.

Er spricht mit einer solchen Bestimmtheit, dass sie einem Treffen zustimmt.

Ella verabredet sich mit ihm um 0.30 Uhr am Rheinufer, Nähe Rheinparkplatz. Einsamer geht es nicht mehr, denkt sie. Mit zitternden Händen macht sie sich fertig, schlüpft in ihre Schuhe, schnappt sich den Autoschlüssel und rennt aufgeregt aus der Wohnung. Was ist mit Rafael? Sie sehnt sich nach ihm. Sie will ihn an ihrer Seite haben. Alles in ihr verlangt nach ihm.

Sie fährt zum verabredeten Treffpunkt. Ella steigt aus dem Auto und geht direkt zum Ufer. Dort setzt sie sich auf die Bank. So war es ausgemacht.

Der Fremde ist pünktlich. Er trägt eine Kapuze. Sie kann sein Gesicht in der Dunkelheit nicht erkennen.

„Ella, Sie werden nie erfahren, wer ich bin" erklärt er. „Wenn Sie wissen wollen, was mit Rafael ist, dürfen Sie mit keinem Menschen über unser Treffen und das, was ich Ihnen jetzt erzählen werde, sprechen."

Erst als Ella sich damit einverstanden erklärt, redet der Fremde weiter. Rafael sei nicht Rafaels richtiger Name. Er sei in einer Art Auftrag unterwegs. Rafael werde nicht mehr zu Ella zurückkommen. Ella solle nicht nach ihm suchen. Das sei zwecklos. Er selbst sei von Rafael beauftragt, Ella zu sagen, dass er sie nur wegen des Auftrages verlassen müsse. Rafael müsse für immer verschwinden.

Ella erwacht. Am nächsten Morgen. Sie denkt, sie habe das Geschehene nur geträumt. Ella versucht erneut, auf Rafaels Festnetznummer anzurufen. Es kommt nur die Ansage: „Diese Rufnummer ist nicht vergeben." Ella fährt zu seiner Wohnung. Ihr fällt sofort das Klingelschild auf. Rafaels Name ist verschwunden.

Es ist Montag. Ella schafft sich aus dem Bett. Sie muss zur Arbeit. Duschen, Haare föhnen, schminken. So. Sie sieht einigermaßen annehmbar aus. Das Zittern hat sich leider seit dem Treffen mit dem Fremden am Rhein nicht gelegt. Aber - es hilft nichts. Sie muss zur Arbeit. Heute ist die Präsentation des Prototyps der neuen Sonderfräsmaschine. Sie ist als Konstrukteurin für die Vorstellung zuständig.

Im Büro angekommen, wird sie sofort zum Geschäftsführer des Unternehmens bestellt. Die Präsentation ist doch erst um 11.00 Uhr, wundert sie sich. Hoffentlich muss jetzt nicht noch viel geändert werden, denkt Ella. Sie schnappt sich ihre Unterlagen, schaut noch einmal kurz in den Spiegel und geht los.

Der Geschäftsführer empfängt sie nicht allein. Im Zimmer sind außer ihm der Hausjustiziar und der Sicherheitsbeauftragte des Unternehmens. Ihre Mienen sind versteinert. Ellas Zittern verstärkt sich.

Sie kann die Worte des Geschäftsführers zunächst gar nicht aufnehmen. Sie setzen sich einfach nicht nieder, sondern schwirren wild umher und kommen nicht zur Ruhe.

„Frau Herborn. Ich mache es kurz. Sie sind ab sofort fristlos entlassen. Wir werden jetzt im Anschluss an unser Gespräch ihr Homeoffice auflösen. Sie werden von unserem Sicherheitsbeauftragten begleitet, der dann auch alle betrieblichen Geräte sowie alle eventuell bei Ihnen vorhandenen internen Unterlagen mitnehmen wird. Ihr Smartphone bitte."

Wie ferngesteuert reicht Ella ihr Smartphone über den Tisch.

Der Geschäftsführer fährt fort: „Der in unserem Haus entwickelte Prototyp, den wir heute um 11.00 Uhr vorstellen wollten, wurde durch unsere Konkurrenz am Samstag als deren Neuentwicklung vorgestellt. Die Spuren zeigen ganz klar, dass aus ihrem Homeoffice Daten abgezogen wurden. Es versteht sich von selbst, dass Sie ab sofort Hausverbot haben. Ein abschließendes Aufsuchen Ihres Büros in unserem Haus ist nicht vorgesehen. Sie werden von uns hören."

Mit diesen Worten wird Ella aus dem Raum gebeten. Gefolgt vom Sicherheitsbeauftragten, der ihr nicht mehr von der Seite weicht, fährt sie in ihre Wohnung. Dort übergibt sie ihm alle betrieblichen Unterlagen und Geräte aus ihrem Homeoffice.

Mit einem Klack schließt sich die Tür. Weg ist er und mit ihm ihr Arbeitsplatz.

Ella ist schwindlig. Sie schwitzt. Sie weint. Kniet sich nieder auf den Boden und lässt sich fallen. Alles weg.

Rafael. Nur er hatte Zugang zu ihrer Wohnung. Jetzt ist ihr sein Verschwinden auch klar. Aber – sie vermisst ihn trotzdem. Der Gedanke an ihn, an die Ereignisse der letzten Stunden drohen sie zu zerreißen.

Tage später rappelt sie sich auf. Plötzlich sieht sie ganz klar. Ja, es kann nur so sein. Isa ist schuld. Isa habe sie vernichten wollen, um Rafael zurück zu bekommen. Wie genau Isa das angepackt hat, weiß sie zwar noch nicht. Aber - das wird sich bestimmt bald klären, denkt Ella.

Sie startet zum Gegenangriff.

Sie durchforstet das Internet nach Isa. Und - wird fündig.

Ella gibt sich als Galeristin aus und vereinbart ein Treffen mit Isa.

Isa scheint nicht zu verstehen, was Ella von ihr will. Isa sagt, sie kenne keinen Rafael Bringer und habe auch in der besagten Zeit mit keinem Mann zusammengelebt. Vielmehr seien ihr ihre Zeit und ihr Raum mit sich selbst wichtiger. Für ihre Kunst. Sie könne sich sonst nicht entfalten, keine Muße finden.

Für Ella sind die Ausführungen Isas glaubwürdig. Sie entschuldigt sich bei ihr. Peinlich berührt, mit leerem Blick, fährt sie wieder nach Hause und weiß einfach nicht weiter.

Es folgen qualvolle Tage. Ella schläft kaum. Sie sieht keine Notwendigkeit der Reinigung, weder ihres Körpers noch ihrer Wohnung. Sie vergisst zu essen.

Sie fühlt sich wie ein toter Fisch im Rhein, der durch die Wellen getrieben wird. Sie kann nichts mehr beeinflussen. Alles ist ihr entglitten. Stumpfheit erfüllt ihr Herz.

Ab und zu schafft sie den Müll runter in die Tonne und schlurft dann am Briefkasten vorbei. Sie nimmt die heraushängende Post und wirft sie ungesehen ins Altpapier.

Irgendwann beginnt sie, ihre Wohnung wieder aufzuräumen. Sie bringt den Müll zur Tonne. Und sie leert den Briefkasten. Die Post schaut sie grob durch, bevor sie dann doch alles in die Tonne wirft.

Eines Tages ist da ein Brief. Sie hält ihn in den Händen und zögert. Sie nimmt ihn mit in ihre Wohnung.

Der Brief ist von einem Rechtsanwalt Flissner, Nachlassverwalter.

Sie öffnet ihn und liest: „Sehr geehrte Frau Herborn. Beigefügten, an Sie adressierten Umschlag fand ich bei Sichtung des Nachlasses des verstorbenen Herrn Tim Friedlos vor. Sie erhalten diesen zu Ihrer Kenntnisnahme."

Tim Friedlos, wer ist das?, wundert sich Ella und hält einen handschriftlich adressierten Umschlag in Händen. Ihr Herz schlägt schneller. Eine Ahnung keimt in ihr auf. Das Zittern kommt wieder. Ella muss sich setzen. Sie öffnet vorsichtig den Brief und liest:

„Ella, Geliebte,

es ist zu spät. Verzeih. Es ist nicht nur zu spät. Ich habe auch alles falsch gemacht, was ich nur falsch machen konnte.

Unser zufälliges Treffen damals - war inszeniert. Ich sollte Dich treffen. Du solltest Dich in mich verlieben. Ich sollte Dich und Deine Arbeit ausspionieren, die Daten weiterleiten und dann verschwinden.

So war der Plan.

Und dann sah ich Dich. Dein Anblick verwirrte mich so, dass ich viel zu heftig stürzte und mich stärker verletzte, als vorgesehen.

Du schautest mich an, Deine Augen, Deine Wärme. Ich war sofort hingerissen und konnte es nicht glauben. Ich, ein Profi. Mir ist das zuvor nie passiert.

Gut, ich hätte dann sofort verschwinden sollen. Doch, Du hattest mich bereits gefangen. Dein Herz hatte mich gefangen. Ich konnte nicht anders. Ich musste weitermachen. Ich wollte bei Dir sein. Immer und immer wieder.

Zuerst dachte ich, wenn ich mich beeile, dann schmerzt es vielleicht nicht so. Also erfand ich die Beziehung zu Isa, um schnell an Deine Schlüssel zu kommen. (Isa fand ich übrigens im Internet. Ihre Kunst sprach mich an. In Wirklichkeit kenne ich Isa nicht und sie hat auch keine Ahnung von mir). Damit Du keinen Verdacht schöpftest, suchte ich einen Grund, Dir Deinen Schlüssel zurück zu geben.

Nur, auch nach Erfüllung meines Auftrags konnte ich nicht von Dir lassen. Ich hatte einfach die Augen vor der Wirklichkeit verschlossen. Ich wollte bei Dir sein und bin geblieben.

Am Tag meines Verschwindens drohte ich aufzufliegen. Die Präsentation des Prototyps war für den folgenden Tag geplant. Die Nachricht, dass ich verschwinden musste, ereilte mich im Blumengeschäft. Ich wollte Blumen kaufen. Für Dich. Für meine Liebe. Ich war geschockt. Ich hatte irgendwie gehofft, dass es so weitergehen könnte - mit Dir, mit uns.

Vor Aufregung ließ ich noch, völlig unprofessionell, mein Handy im Geschäft liegen. Mein Auftraggeber hatte später alle Spuren, auch diese Spur, beseitigen lassen. Ich weiß, Du hast nach mir gesucht. Du konntest mich nicht finden. Du durftest mich nicht finden. Einzig das Gespräch eines Kollegen mit Dir, die Mitteilung nachts am Rhein, konnte ich meinen Auftraggebern aus den Rippen leiern.

Ella. Verzeih. Ich wollte Dich nicht verletzten. Glaube mir. Ella. Mein Herz. Ich sitze jetzt vor dem Scherbenhaufen meiner selbst.

Du, meine große Liebe. Ich habe sie gefunden und ich habe sie weggeworfen. Für einen Job. Dich, meine Liebe, Dich habe ich angelogen. Dich habe ich betrogen - für einen Job. Wie armselig.

Ich ertrage es nicht mehr. Ich ertrage mich nicht mehr. Meine Schuld. Ich ertrage nicht mehr, Dich so verletzt zu haben. Es ist der Preis, den ich zahlen muss.

Ich hoffe, dass nach meinem Tod irgendjemand den Brief findet und ihn Dir übergibt. Ich hoffe nicht auf Verständnis, nein. Ich will erklären. Und ich muss Dir noch dies eine Mal sagen: Ella, ich liebe Dich, aus meinem ganzen Herzen, mit all meinen Sinnen, mit meinem Leben.

Verzeih.

Auf ewig, Dein Rafael (Tim)"

Zwei Jahre später.

Ella geht oft im nahe gelegenen Klostergarten spazieren. Die Ruhe des kleinen Parks legt sich wie Balsam auf ihre Seele. Fast täglich kommt sie hierher. Sie versucht zu verstehen. Versucht, den Sinn zu finden. Versucht, aus ihrem Loch herauszukrabbeln.

Inzwischen hat sie einen kleinen Job gefunden. Nicht mehr als Konstrukteurin. Nein, sie arbeitet als technische Zeichnerin, mit einem viel geringeren Gehalt. Das nimmt sie hin. Sie ist froh, überhaupt etwas gefunden zu haben.

Ihr kommt die Idee, den Jakobsweg zu wandern. Sie will direkt von zu Hause loslaufen über den Mosel-Camino nach Frankreich. Einfach sehen, wie weit sie kommt. In der Hoffnung, wenn sie schon das Geschehene nicht verstehen kann, es zumindest akzeptieren zu lernen.

Sie reicht ihren Jahresurlaub ein und startet. Mühsam. Die ersten drei Tage kämpft sie mit dem Gewicht ihres Rucksacks, den Druckstellen an ihren Füßen und dem immer wieder einsetzenden Regen.

Nach Tagen gelangt sie an ein einsam in einem idyllischen Tal gelegenes Kloster. Sie hört metallische Hammergeräusche und vernimmt Stimmen. Eine kommt ihr bekannt vor. Ein Stich durchfährt sie. Nein, das kann nicht sein, denkt sie. Sie folgt den Lauten. Geht in der Klosteranlage am Wohngebäude vorbei zum Wirtschaftstrakt. Dort findet sie zwei Männer vor, die vertieft am Motor eines Traktors arbeiten. Sie haben ihre Rücken zu Ella gewandt. Der eine. Der, dessen Stimme sie kennt. Seine Art sich zu bewegen, sie kennt sie. Ihr Herz schlägt ihr bis zum Hals. Sie fasst all ihren Mut zusammen und geht auf die Männer zu. Ihr Herzschlag dröhnt in ihren Ohren.

„Rafael?", fragt Ella, als sie hinter ihnen steht.

Der, dessen Stimme sie kennt. Der, an dessen Bewegungen sie sich erinnert. Er erstarrt. Langsam dreht er sich zu ihr um.

Seine Gesichtsfarbe, bleich. Seine Augen zeigen eine Mischung aus Fassungslosigkeit und Freude.

Ella schaut ihn einfach nur an.

Alles steht still. Die Zeit, die Luft, Ella und der Mann.

Der Mann findet zuerst die Sprache wieder.

„Ja", sagt er. Sonst nichts.

Und dann?

Ella spürt seine Hand an ihrer Wange. Zärtlich streicht er ihr eine Haarsträhne aus dem Gesicht. Er fasst nach ihren Händen, während er ihr in die Augen schaut. Er führt ihre Hände zu seinem Mund. Er schließt seine Augen und küsst sanft ihre Handrücken.

Sie lässt es zu. Sie saugt seine Berührungen in sich auf. Ein sanfter Schauer überkommt sie. Ihre Knie scheinen keine Stabilität mehr zu besitzen. Ihr wird flau. Unwirklich. Sie fällt hinein. Hinein in die Süße des Momentes.

Lange stehen sie da. Ihre Augen lassen nicht voneinander. Ihre Hände halten sich fest. Keiner spricht. Nur Berührung. Berührung der Hände. Berührung der Seelen.

Später. Dann - als sie wieder Worte finden. Dann will sie wissen. Alles will sie wissen. Wieso eine Todesnachricht?

Er hatte die Hoffnung, dass ihr ein Abschiedsbrief Ruhe bringen möge, erklärt er. Er wollte, dass sie wieder neu beginnen könne, dass ihre Seele wieder frei sei. Er berichtet, wie er nach dem passenden Todesfall suchte. Er erzählt, wie er in die Wohnung des verstorbenen Tim einbrechen musste, um seinen Brief zu hinterlegen. Doch dann habe er gespürt, dass das wieder keine gute Idee von ihm gewesen war. Danach habe er noch mehr gelitten. Denn damit habe er alle Türen zu ihr geschlossen.

Daraufhin habe er sich in dieses Kloster zurückgezogen, seine Hilfe als Hausmeister angeboten und im Gegenzug um freie Kost und Logis gebeten.

Ella. Sie kann ihn nicht loslassen. Sie will ihn - halten. Immer. Nie mehr loslassen. Sie begreift nicht - warum. Sie glaubt ihm. Sie versteht ihn. Sie vertraut ihm. Eine wohlige Wärme erfüllt sie, als Rafael sie zärtlich küsst.

Wenn ein Liebestraum zur Wahrheit wird

von Evelyne Bertolotti

Alexander war ein blonder stattlicher Mann mit blauen Augen und stets gut gekleidet. Da er immer sehr lange arbeiten musste und spät des Abends aus seinem Büro kam, hatte er keine Freunde. Nicht einmal eine Freundin. Aber er hatte ein wunderschönes Haus mit Garten. Sogar einen Teich mit Seerosen hatte er darin anlegen lassen.

Auch an diesem Abend war es spät, als er das Büro verließ. „Heute", murmelte er vor sich hin, „gehe ich nicht nach Hause! Heute fahre ich zum Heiner-See und gehe dort ein paar Schritte spazieren."

Am Heiner-See fand er am Ufer eine Bank, auf der er sich niederließ. „Ach", sagte er leise, „hätte ich doch einen Freund, mit dem ich all meine Sorgen teilen könnte."

Auf einmal zog über dem See Nebel auf. Aus dem Nebel trat eine Fee hervor und sprach: „Hallo, ich bin Sahra. Ich bin die Fee vom Heiner-See! Wenn du willst, kannst du mir all deine Sorgen erzählen, ich helfe dir!"

Alexander sprang auf und stand da wie angewurzelt. „Hallo", stammelte er, „ich bin Alexander. Kannst du mir wirklich helfen?"

„Aber ja, dafür sind Feen doch da!"

Alexander konnte es kaum glauben. „Wenn ich mal etwas bemerken dürfte, Sahra, du siehst bezaubernd aus in deinem Tüllkleid."

„Danke!", erwiderte Sahra lachend. „Nun erzähle mir deine Sorgen, Alexander, ich höre dir gerne zu."

Alexander tat, wie ihm geheißen.

Das abendliche Treffen wurde zur Gewohnheit.

Sahra freute sich jeden Abend, sich mit Alexsander am See zu treffen und ihn zu necken. Und Alexander konnte ihr jeden Kummer erzählen. Sie hörte ihm immer zu.

Sahra schwirrte durch das Gebüsch und rief: „Alexander, hier bin ich!", und schon war sie wieder an einer anderen Stelle.

„Komm bitte aus deinem Versteck, ich will dich sehen! Ich freue mich auf dich, Sahra. Wie war dein Tag?"

„Ach, ich habe ein kleines Mädchen, das in den See gefallen war, vor dem Ertrinken gerettet."

„Wie schön wäre es, wenn wir gemeinsame Kinder hätten, und du würdest sie beschützen."

„Aber Alexander, ich bin doch eine Fee. Ich kann niemals deine Frau werden."

„Ich liebe dich! Nur dich, mit deinen wunderschönen, langen blonden Haaren, deinem Kleid, ein Hauch von Tüll." Er drückte sie an sich und flüsterte ihr ins Ohr: „Du bist noch sehr jung. Stimmt es, dass du erst 24 bist?"

„Aber nein! In der Feenwelt bin ich in Wirklichkeit 125 Jahre alt. Psst! Alexander, hörst du die Nachtigall?" Sie lauschten beide dem zarten Gesang. „Ach, Alexander, wie gerne würde ich ein Mensch sein und mit dir glücklich werden. Unser allabendliches Treffen am See hat uns sehr verbunden."

Plötzlich verschwand sie hinter einer Hecke und rief: „Ich bin hier!" Und schon war sie wieder woanders! Sie kicherte und war fröhlich.

„Sahra, kannst du auch mal zu mir nach Hause kommen?"

„Kann man sich da auch so schön verstecken wie hier am See?", fragte sie. „Ich finde es hier am allerschönsten."

„Ich würde gerne bei mir einen Abend mit dir verbringen. Ich habe auch einen Teich in meinen Garten. Merk dir meine Adresse: Kopernikusstraße 5."

„Das kann ich dir nicht versprechen, ich fühle mich hier am Heiner-See sehr wohl mit dir", meinte Sahra.

Es folgten noch viele Abende. Einer schöner als der andere.

Eines Abends wartete Sahra vergeblich auf Alexander. Sie huschte am See entlang, doch Alexander war nicht zu sehen. Hatte er Schluss gemacht mit ihr, weil sie nicht zu ihm nach Hause gekommen war? Sie wartete bis zum nächsten Abend. Aber Alexander kam nicht!

Es half nichts. Sahra machte sich am nächsten Morgen auf den Weg in die Kopernikusstraße 5. Die Suche war nicht einfach, denn sie kannte sich in der Stadt überhaupt nicht aus. Doch schließlich fand sie sein hübsches Haus mit Garten, in dem ein Teich mit Seerosen angelegt war. Die Tür war fest verschlossen. Sahra sah im oberen Geschoß ein offenes Fenster. Sie huschte hinein. Aus einem der Räume hörte sie ein Stöhnen. Sie ging dem Geräusch nach und fand Alexander im Bett liegend und schweißgebadet. Sie tupfte ihm mit einem Tuch die Stirn ab.

„Alexander, Alexander!", rief sie. Doch er antwortete nicht. Sie fasste mit der Hand an seine Stirn und seinen Körper. Er war glühend heiß. „Ich muss in das Feenland, um zu fragen, mit welcher Medizin ich Alexander helfen kann", murmelte Sahra.

Sie machte sich schnell auf den Weg zu Aurelia, der Herrscherin des Feenlandes.

Sie wusste, dass Aurelia um die Mittagszeit nicht gestört werden wollte. Doch genau um die Mittagszeit kam sie im Feenland an. „Es hat keinen Aufschub mehr, ich muss sie in ihrer Mittagsruhe stören", sprach sie leise vor sich hin, als sie durch den Park lief, wo sich Aurelia in der Mittagszeit immer aufhielt. „Was hat keinen Aufschub mehr?", hörte Sahra die grollende Stimme Aurelias.

„Werte Herrscherin Aurelia vom Feenland, ich brauche deinen Rat."

„Papperlapapp, das ist noch kein Grund, mich um die Mittagsstunde zu stören!"

„Bitte, werte Herrscherin, es geht nicht anders!"

„Aber nun gut, was gibt es denn so Wichtiges, dass du nicht warten kannst?"

„Alexander! Er ist…"

„Wohl ein Menschensohn", redete Aurelia dazwischen.

„Ja, ein Menschensohn liegt erkrankt danieder, er hat hohes Fieber, sein Körper ist schweißgebadet, und ich möchte ihm gerne helfen."

„Mir scheint, du liebst ihn. Das sehe ich, wenn ich in deine strahlenden Augen sehe."

„Ja, werteste Herrscherin Aurelia, ich liebe ihn von ganzem Herzen. Ich möchte ihm zuliebe ein Menschenkind werden."

„So, so, das sind ja Neuigkeiten! Zunächst einmal musst du ihn gesund pflegen. Ich gebe dir aus unserem Kräutergarten einen Korb Kräuter mit, daraus kochst du einen Sud, siebst ihn ab und gibst ihm den Sud zu trinken. Anschließend wäschst du seinen Körper mit einem Tuch ab", erklärte Aurelia.

„Wird er wieder gesund werden?"

„Aber ja, Sahra!"

„Sag mir nur, was muss ich tun, um ein Menschenkind zu werden?"

„Eigentlich gar nicht viel. Du wirst nur auf Vieles verzichten müssen."

„Worauf muss ich verzichten?", fragte Sahra.

„Du wirst nie wieder ins Feenland zurückkehren können, auch nicht zu deinen Feen-Freundinnen! Du wirst nicht so jung bleiben, wie du jetzt aussiehst. Du wirst älter werden genau wie die Menschen. Und du wirst Alexander keine Kinder schenken können."

„Das ist wahrlich ein hoher Preis", erwiderte Sahra und seufzte.

„Sobald dich Alexander küsst, bist du keine Fee mehr. Noch kannst du es dir überlegen, Sahra."

„Da gibt es nichts mehr zu überlegen!"

„Nun gut", erwiderte Aurelia, „ich gebe dir jetzt die Kräuter aus unserem Feengarten."

Sahra nahm den Korb mit den Kräutern in Empfang, machte sich so schnell wie möglich auf den Rückweg und tat, was Aurelia ihr gesagt hatte.

Sahra war Tag und Nacht an Alexanders Bett, gab ihm zu trinken, wusch seinen Körper ab und tupfte ihm den Schweiß von der Stirn.

Von Tag zu Tag ging es Alexander besser.

Sahra saß an seinem Bett, als er erwachte. „Sahra", rief er voller Freude, „bist du schon lange hier?"

„Aber ja! Ich hab dich gesund gepflegt mit Kräutern aus dem Feengarten."

„Ich muss wohl sehr krank gewesen sein?"

„Ja, das warst du", erwiderte Sahra.

Alexander nahm sie in die Arme und drücke sie fest an sich.

„Du, Alexander, ich kann ein Menschenkind werden! Ich darf aber dann nicht mehr ins Feenland zurückkehren", sagte Sahra leise.

Alexander zog sie noch näher an sich. Seine Lippen berührten ihre Schulter, ihre langen blonden Haare. Er berührte sie zärtlich, bedeckte ihren ganzen Körper mit Küssen, bis sich ihre Lippen in einem langen Kuss fanden.

„Draußen braut sich ein Gewitter zusammen", sagte Sahra.

„Lass uns unsere Liebe mit unserem Ja-Wort besiegeln und viele Kinder bekommen."

„Alexander, du hast mich überhaupt nicht zu Ende sprechen lassen."

„Sahra, was gibt es denn noch?"

„Ich kann es dir nicht sagen. Es würde dir sehr wehtun", erwiderte Sahra. Sie brach in Tränen aus und lief hinaus aus dem Haus in den Regen bei Sturm und Gewitter.

Durch den Kuss mit Alexander war sie zum Menschkind geworden. Aber sie konnte ihm nicht sagen, dass sie keine Kinder bekommen konnte.

Sie lief in den Wald hinaus. Über ihr Gesicht kullerten dicke Tränen. Plötzlich stolperte sie über einen Ast und stürzte, worauf ihr schönes Kleid total schmutzig wurde. Sie kauerte gedankenversunken auf einem Baumstumpf. Der Regen hörte nicht auf, und sie war völlig durchnässt.

„Sahra! Sahra!", hörte sie von weitem Alexander rufen. „Sahra, wo bist du denn?"

„Hoffentlich findet er mich nicht, verstecken kann ich mich ja nicht mehr!"

Plötzlich stand Alexander vor ihr. „Sahra, warum läuft du denn davon? Komm her, du bist ja völlig durchnässt. Komm mit nach Hause. Sag mir bitte, welchen Kummer du hast."

„Ich, ich", stammelte Sahra, „ich kann keine Kinder bekommen! Das war die Bedingung von Aurelia, der obersten Herrscherin im Feenland."

„Ach, Sahra so schlimm ist das nicht, wir können doch Kinder adoptieren. Es gibt so viele Menschenkinder, die kein Zuhause haben. Und du kannst als Menschenkind doch auch viel Gutes tun", erwiderte Alexander tröstend.

Hand in Hand schlenderten sie nach Hause. Der Regen hatte aufgehört, und die Sonne strahlte am Himmel.

An einem schönen Sommertag gaben sich die beiden das Ja-Wort. Sahra sah mit ihrem rosa Tüllkleid, das mit Seerosen bestückt war, bezaubernd aus.

„Nun gehören wir für immer zusammen", meinte Alexander stolz.

„Und niemand kann uns mehr trennen", sagten beide wie aus einem Mund und lachten.

Teil III

Weihnachts-

Erinnerungen

Heilig Abend, eine Weihnachtsgeschichte

von Annette Weyhofen-Schultheis

Heilig Abend. Heute galt es. Jetzt musste alles klappen. Wer was machte, war längst klar. Wie all die Jahre zuvor sollten wir Kinder, mein Bruder und ich, den Weihnachtsbaum schmücken. Wir holten die Christbaumkugeln und die alte Christbaumspitze aus dem Weihnachtskarton hervor. Die Christbaumspitze gehörte seit Generationen auf den Christbaum unserer Familie und wurde außerordentlich sorgfältig behandelt. Lametta und die elektrischen Kerzen fehlten ebenso wenig. In diesem Jahr hatten wir einen besonders großen Baum. Er reichte fast bis oben an den Türrahmen. So ein schöner Weihnachtsbaum!

Wir machten uns an die Arbeit. Es war jedes Jahr das gleiche Ritual. Zuerst positionierten wir die Lichterkette. Dann kam die versilberte Glasspitze auf den Baum. Wir legten eine weiße Tischdecke auf einen kleinen Hocker, darauf stellten wir den Baum mit Lichterkette und der Spitze obendrauf. Als Nächstes hängten wir die silbernen Kugeln und zum Schluss das Lametta auf. Er sah besonders schön aus in diesem Jahr, der Weihnachtsbaum. Alles in Silber. Wenn die Kerzen dann noch angeschaltet wären, würde alles leuchten und strahlen. Mir wurde ganz warm ums Herz.

Jetzt musste nur noch der Stecker der Lichterkette in die Steckdose. Alle Kerzen waren durch ein Kabel miteinander verbunden, doch wenn ein Lämpchen, nur ein Lämpchen in der Kette nicht funktionierte, blieb die ganze Lichterkette aus.

Jetzt kam der große Moment. Mein Bruder steckte den Stecker in die Steckdose. Kein einziges Licht brannte an unserem Baum. Er drehte alle Kerzen nach. Eine nach der anderen. Mir wurde ganz mulmig zumute. Als er an der letzten Kerze drehte, leuchtete die ganze Kette endlich auf. Das Licht spiegelte sich in den silbernen Kugeln und dem Lametta, und die Krönung war die silberne Christbaumspitze.

Voll Andacht standen wir vor unserem leuchtenden Baum. Plötzlich schoss wie aus dem Nichts unsere Katze ins Wohnzimmer, durch die Tür, an uns vorbei auf den Tisch und sprang mit einem Satz hinter den Baum. Oh nein, sie durfte den Baum nicht umwerfen. Wir stürzten hinter der Katze her, um sie zu fangen, bevor es zu spät war. Da schnellte die Katze wieder hinter dem Baum hervor.

Ich weiß nicht, wie es genau geschah, aber der wunderbar silbern leuchtende Christbaum neigte sich zu Boden. Wir versuchten ihn aufzufangen. Griffen in die Äste, doch die waren so schrecklich stachelig und der Baum so schrecklich groß. Wir sahen, wie die Christbaumspitze sich kurz an der Deckenlampe festhielt, dann über den Wohnzimmerschrank streifte und schließlich auf der Wohnzimmertischplatte aufschlug und sich in tausend kleine Splitter zerteilte. Nun leuchtete es im ganzen Zimmer silbern, sogar auf dem Fußboden.

Mein Bruder, der schräg unter dem Baum lag, fluchte laut. Zwei silberne Glaskugeln lagen zerbröselt auf dem Boden. Und die Katze? Die war verschwunden.

Alarmiert von dem Lärm stürzte unsere Mutter ins Zimmer. Für meinen Bruder und mich schien sich die Welt für einen Moment nicht mehr zu drehen, als wir in das erschrockene Gesicht unserer Mutter sahen. Was würde sie zu dieser Bescherung sagen? Doch da geschah etwas Unglaubliches: Unsere Mutter begann zu lächeln.

„Endlich", sagte sie. „Endlich ist diese hässliche alte Christbaumspitze hin. Ich mochte sie noch nie und habe mich nie getraut, sie wegzuwerfen. Oma wäre bestimmt traurig gewesen, wenn wir sie nicht auf den Baum gesteckt hätten."

Erleichtert krabbelte mein Bruder unter dem Baum hervor. Gemeinsam stellten wir den Christbaum wieder an seinen Platz. Unsere Mutter holte eine weiße Schleife, die von diesem Jahr an die Spitze unseres Weihnachtsbaumes schmückte.

Mich hörte ja keiner

von Evelyne Bertolotti

Es war das Jahr 1928, als ich zum ersten Mal einen Weihnachtsbaum sah.

Ich lag in einem prächtigen Himmelbett und wurde an meine erste Puppenmutti verschenkt. Sie hieß Elisabeth, aber alle sagten zu ihr Elli. Doch das Schönste war, sie war die netteste Puppenmutti weit und breit.

Viele Jahre gingen ins Land. Es wurde Krieg, meine Familie musste sehr leiden.

Einmal kam der Vater meiner Puppenmutti und fragte: "Wollen wir deine Puppe gegen etwas zu Essen eintauschen?"

"Nein", sagte Elli empört, „meine Puppe bleibt bei mir. Lieber hungere ich!"

In diesem Moment fühlte ich, wie sehr mich meine Puppenmutti liebte. Ich war außer mir vor Freude.

Wieder vergingen die Jahre. Meine Puppenmutti wurde erwachsen. Sie heiratete, und ich weiß nicht warum, aber ich landete im Sofakasten. Einsam und verlassen fühlte ich mich und war darüber sehr traurig. Es war richtig stockdunkel in diesem Sofakasten.

Ich träumte oft von Weihnachten, dem Himmelbett und den wundervollen Tagen mit Elli. Ach, wie schön wäre es doch, noch einmal verschenkt zu werden.

Wie ich so vor mich hin träumte, wurde der Sofakasten geöffnet. Elli, meine nun erwachsene

Puppenmutti holte mich hervor. Ich freute mich sehr. Doch meine Puppenmutti schaute mich an und meinte: "Hübsch siehst du nicht aus! Deine Beine und deine Arme hängen schlaff herab, und dein Haar ist zauselig."

Ich wurde stinksauer. Jetzt auch noch das. Was kann ich dafür, kam mir in den Sinn. Keiner hat sich je um mich gekümmert. Ich lag jahrelang in diesem dunklen Sofakasten.

Kaum hatte ich das fertig gedacht, sagte Elli zu mir: "Ich bringe dich in die Puppenklinik!"

"Was soll ich denn da? Mir fehlt doch nur eine nette Puppenmutti!", wehrte ich mich, doch mich hörte ja keiner.

So kam es, dass Elli mich in die Klinik brachte. Aber wie sehr musste ich staunen. Meine Arme und Beine wurden hergerichtet. Ich bekam eine Perücke mit Blondzöpfen, ein zauberhaftes, rosa Kleid, neue Strümpfe und Schuhe.

Schön sah ich aus! Aber warum geschah das alles? Was hatte Elli vor? Und da kam sie auch schon und holte mich ab.

Ich freute mich auf zu Hause. So, wie ich jetzt aussah, wollte sie bestimmt wieder meine Puppenmutti sein. Doch zu Hause angekommen, setzte sie mich in einen dunklen Schrank und verschloss die Tür.

Nun war ich richtig wütend! Schon wieder wurde ich in ein dunkles Verlies gesperrt.

Da vernahm ich die Stimme eines kleinen Mädchens: "Mutti, du hattest doch im Sofakasten eine Puppe! Darf ich sie mal sehen?"

Am liebsten hätte ich laut gerufen, dass ich hier im Schrank sitze, aber mich hörte ja keiner.

"Aber, aber", hörte ich Elli reden, "im Sofakasten ist doch keine Puppe."

"Ich will selbst schauen!", meinte die Kleine.

Ich konnte nur hören, wie der Sofakasten ausgeräumt wurde, aber sie fand mich nicht.

Ich wurde so traurig, dass ich gar nicht mehr darauf achtete, wenn vor dem Schrank etwas gesprochen wurde. Es war mir nun alles egal.

Doch da öffnete sich plötzlich die Schranktür. Elli strahlte mich an. Sie holte mich heraus, streichelte mir über das Haar und legte mich in ein prächtiges Himmelbett. Ich bekam eine Ahnung, was gleich geschehen würde, als Elli mich in dem Himmelbett unter einen Weihnachtsbaum stellte. Überglücklich betrachtete ich den beleuchteten Weihnachtsbaum mit den bunten Kugeln und den Rauschgoldengeln. Ein Duft von Kerzenwachs durchzog den Raum.

Nachdem die Familie Weihnachtslieder gesungen und das kleine Mädchen ein Gedicht aufgesagt hatte, lief es schnell zum Himmelbett, nahm mich heraus und drückte mich herzlich an sich. "Sie hat Schlafaugen und Zöpfe", rief es voller Begeisterung.

"Hallo, ich bin Evelyne und du bist für mich das Lieschen", stellte die Kleine sich mir vor.

"Hallo Evelyn", klimperte ich mit meinen Schlafaugen.

"Aber wenn du nicht artig bist, nenne ich dich Liese", sagte sie.

„Nein, nein. Ich kann ja überhaupt gar nicht unartig sein", erklärte ich ihr feierlich, aber mich hörte ja keiner.

"Geh' vorsichtig mit ihr um", ermahnte sie Elli. "Sie ist schon sehr alt. Ich habe sie selbst als Kind zu Weihnachten geschenkt bekommen."

Am ersten Weihnachtsfeiertag bekam die Familie Besuch. Eine Familie mit drei Kindern - zwei Jungen und ein Mädchen - stürmten das Haus. Das Mädchen hieß Roswitha. Sie sah mich an und legte los: "So eine komische Puppe habe ich ja überhaupt noch nicht gesehen. Die hat aber komische Arme und Beine! Und warum hat sie einen Porzellankopf? Findest du die etwa schön?"

Ich wurde sehr traurig. Jetzt landete ich bestimmt wieder in dem dunklen Sofakasten. Doch zum Glück hatte mich Evelyn, meine neue, liebe Puppenmutti wieder in mein Himmelbett gelegt. Daraufhin sagte sie zu Roswitha: "Für mich ist sie die schönste Puppe der Welt, auch wenn sie nur eine Gliederpuppe ist."

Diese Worte machten mich überglücklich.

Und was das Beste ist, meine Puppenmutti liebt mich bis zum heutigen Tag! „Ich liebe dich auch", würde ich ihr am liebsten sagen, aber mich hört ja keiner.

Weihnachten fern von daheim

von Gerlinde Emami

Das einzig Weihnachtliche war das Wetter. Es schneite und schneite. Ein weißer Pelz umhüllte die Landschaft. Der Schnee knirschte unter den Stiefeln. Unser Töchterchen, Klein-Leila jauchzte vor Vergnügen über die weiße Pracht. Es war Vorweihnachtstag 1971, doch im Iran wird Weihnachten nicht gefeiert. Es ist ein muslimisches Land mit uns fremden Traditionen und Festen. Ich liebe das Land und die Leute und lebte gerne dort. Aber immer im Dezember stieg das Heimweh hoch. Ich sehnte mich in dieser Zeit nach Hause, nach Deutschland, nach den Weihnachtsmärkten, der Atmosphäre, den Düften, den Heimlichkeiten im Hause.

Plätzchen habe ich selbstverständlich gebacken, und ich musste aufpassen, dass für Heiligabend etwas übrigblieb. Komisch, die Weihnachtsmäuse waren mit umgesiedelt, und ergötzten sich heimlich, still und leise an den Köstlichkeiten.

An diesem Tag erwartete ich meinen Mann mit großer Spannung, denn ich hatte ihm etwas in Auftrag gegeben. Da hörte ich seine Schritte, der Schlüssel drehte sich und Leila flog ihrem Papa in die Arme. Aber wo war der Baum? Fest hatte ich damit gerechnet, dass er einen mitbrachte. Er erklärte mir jedoch: „Ich kann mich doch nicht hier in diesem Nest, in dem mich jeder kennt, lächerlich machen mit einem Tannenbaum unterm Arm. Heiligabend können wir sicherlich auch einmal ohne feiern."

Ja, das war's dann. Ein paar Tränen wischte ich mir heimlich ab und machte mich daran, die Erzgebirgspyramide aus der Versenkung zu holen und die Schallplatte mit dem Weihnachtsgeläut großer Kirchen und Dome bereitzulegen. Leila erfreute sich an der Pyramide, und ich musste ihr genau erklären, was da alles zu sehen war und wie sie sich lustig drehen konnte, wenn man sie anstieß. Kerzen sollten erst morgen darauf gesteckt werden. Ein kleiner Höhepunkt musste doch noch gegeben sein.

Wovon träumte ich in der Nacht? Nicht schwer zu erraten, vom Weihnachtsbaum.

Der 24. war da. Alles wie gewohnt. Mein Mann ging zur Arbeit. Im Iran gibt es keine Feiertage im Dezember. Ich versuchte, so viel Festlichkeit wie nur möglich in die Wohnung zu bringen. Meine liebe Leila half mir tüchtig dabei, so dauerte alles doppelt so lange.

Da schellte es an der Tür. Wer konnte das sein? Normalerweise kam um diese Zeit nie irgendjemand. Ich öffnete die Tür. Ein guter Freund stand vor mir. Wir kannten Houshang schon lange. Zur gleichen Zeit hatte er mit meinem Mann in Deutschland studiert. Im diesem Moment sah er allerdings aus, als sei er aus dem Gedicht gestiegen: „Von drauß' vom Wald, da komm ich her …" Und er hatte einen Weihnachtsbaum dabei, den er so vor mich hinstellte, dass der Schnee auf den Zweigen davonstob. Zuerst glaubte ich an eine Halluzination. Aber nein, die Kälte, die durch die offene Tür drang, rief mich in die Wirklichkeit zurück. „Frohe Weihnachten!", schallte es mir entgegen. „Ein Tannenbaum gehört doch zu eurem Weihnachtsfest dazu! Meine Frau lässt herzlich grüßen."

Ich war sprachlos. In mir stieg eine Welle von Glück und Dankbarkeit auf. Am liebsten hätte ich Houshang umarmt. Aber das hätte gegen die Etikette verstoßen. Ich bedankte mich vielmals und lud ihn und seine Frau begeistert zum Weihnachtsessen ein.

Leila machte nun ihr Mittagsschläfchen, und ich hatte viel zu tun. Der Baum musste geschmückt werden. Schnell holte ich die Schachteln mit dem Weihnachtsschmuck und stellte mit Entsetzen fest: Ich hatte keine Kerzen. Woher nehmen und nicht stehlen? Da fiel mir ein: Geburtstagskerzen, die hatte ich. Sie passten natürlich nicht in die Halter der Weihnachtskerzen. Aber ich schaffte Rat. Das untere Drittel der Kerzen umwickelte ich mit Draht und das andere Ende des Drahts befestigte ich am Ast. Perfekt.

Strohsterne und Sterne aus Alufolie, Plätzchen und kleine weiße Wattebäusche, die Schnee vortäuschten, rundeten das Bild ab. Schön war der Weihnachtsbaum geworden.

Am Nachmittag kam mein Mann nach Hause. Ich verstellte ihm den Blick ins Wohnzimmer. „Rate mal, was für eine Überraschung ich habe." Er konnte es natürlich nicht erraten. Aber dann war er genauso überrascht und freute sich mit mir. Er hatte aber auch etwas mitgebracht, noch war es verpackt. Es war ein ziemlich großer Karton. Neugierig schaute ich schon einmal. Es war ein Rennfahrerauto aus Plastik, zum Draufsitzen und zum Abstoßen mit den Füßchen, bunt angemalt, mit einem kleinen Lenkrad und vier schwarzen Rädern. Ich freute mich schon auf Leilas Jauchzen.

So wurde es Abend, von der Schallplatte läuteten die Glocken den Heiligabend ein. Die Kerzen strahlten am Baum mit den Augen von Klein-Leila um die Wette. Die Geschenke wurden ausgepackt. Leila rutschte mit Begeisterung auf ihrem neuen Auto durch die Wohnung. Der neuen Puppe schenkte sie dagegen wenig Aufmerksamkeit.

Houshang kam mit seiner Frau, und ich verlebte mit meinem muslimischen Mann und unseren muslimischen Freunden einen meiner schönsten Heiligabende.

Die Autorinnen

Claudia Augistini (1963) entdeckte über Briefwechsel und Aufsätze ihren Spaß am Schreiben. Es folgten im Laufe der Jahre Texte unterschiedlicher Genres, zum Teil im kleinen Kreis veröffentlicht, zum Teil gut gehütet in der Nachttischschublade. So entstanden karnevalistische Büttenreden, Gedichte, humoristische Artikel zum 1.April und, nach der Teilnahme an Leila Emamis Schreibwerkstatt, die erste Liebes-Kurzgeschichte. Was als nächstes kommt - nun, darauf ist sie selbst gespannt.

Evelyne Bertolotti (1949): Ich habe als Schulkind schon sehr gerne geschrieben. In den Jahren 2001-2009 war ich in einer Theatergruppe und ging als Laienschauspielerin auf die Bühne. Der krönende Abschluss war Ophelias Schattentheater (von Michael Ende). Ich hörte von Leila Emamis Seminar für kreatives Schreiben. Ein guter Grund, das Schreiben wieder aufleben zu lassen. Wobei mir das Malen und Theaterspielen zugutekommen. Wenn ich schreibe, schlüpfe ich selbst in jede Rolle hinein. So ist jede Geschichte für mich ein kleines Theaterstück.

Gerlinde Emami, Jahrgang 1943 und Mutter von 2 Kindern, lebte lange Jahre im Iran. Zurück in Deutschland war sie berufstätig bis zur Rente. Das Lesen und Geschichtenerzählen gehören zu ihren großen Passionen. Im Ruhestand angekommen, bekam sie Lust auch selbst zu schreiben.

Beatrix Gietz (1958) hat Betriebswirtschaft studiert und ist beruflich und familiär dem Rheingau und dem Wein verbunden. Bücher und Geschichten haben sie immer begleitet. Lesen ist ihr größtes Hobby. Jetzt hat sie begonnen, selbst zu schreiben.

Katrin Redlich (1970) schrieb mit fünfzehn Jahren ihre eigenen Songtexte, mit sechzehn ihren ersten Roman, den sie aber zwanzig Jahre später vernichtet hat, weil er ihr nicht gut genug erschien. Inzwischen ist die Schreiberei längst zum festen Bestandteil ihres Lebens geworden. Neben Job und Familie schreibt sie in ihrer Freizeit zur Entspannung, um hin und wieder dem Alltag zu entfliehen und zur Verarbeitung ihrer eigenen Emotionen und Erlebnisse.

Annette Weyhofen-Schultheis (1960) schreibt schon lange gern. Sie hat ihre Leidenschaft zum Schreiben intensiviert und mit Begeisterung lässt sie neue Geschichten auf dem Papier entstehen.

Schlusswort und ein Plädoyer fürs Schreiben

Liebe Leserin, lieber Leser,

vielen Dank, dass Sie sich für unser Buch entschieden haben! Alle Geschichten wurden von den Autorinnen mit viel Hingabe neben ihrem Alltag und beruflichen Tätigkeiten geschrieben. Und alle Geschichten nahmen ihren Anfang im Geisenheimer Kulturtreff „Die Scheune" im Zuge eines Schreibkurses. Das Schönste für mich als Kursleiterin ist zu sehen, dass das Schreiben den Menschen viel zu schenken hat. Und am Ende hält jeder mit leuchtenden Augen seine eigene Geschichte in der Hand.

Falls auch Sie sich für das Schreiben interessieren, kann ich Sie nur dazu ermutigen. Denn es gibt wahrlich kaum etwas befriedigenderes, als schöpferisch tätig zu sein. Und zum Schreiben braucht es nicht mehr, als ein Blatt und einen Stift. Alles andere ist in Ihnen angelegt und die Geschichten warten nur darauf, entdeckt zu werden.

Es gibt mehrere Wege, ins Schreiben zu kommen. Schauen Sie im Programm Ihrer Volkshochschule nach Schreibkursen, befragen sie Herrn Google oder stöbern Sie in der Buchhandlung nach Büchern zum Thema: „Kreatives Schreiben".

Oder - wenn Sie es nicht schon längst tun - fangen Sie einfach an zu schreiben. Sie können nichts falsch machen. Hier eine Übung:

Kaufen Sie sich ein Notizbuch, das Ihren Augen und Händen schmeichelt. Schreiben Sie täglich etwa 5 Minuten all die schönen Dinge, die Sie an diesem Tag erlebt haben, hinein. Dieses Buch ist nur für Sie! Deshalb achten Sie weder auf Rechtschreibung, noch Satzbau! Lassen Sie einfach Ihre Gedanken durch die Feder fließen und genießen Sie die schönen Seiten des Lebens. In kurzer Zeit wird sich Ihr Wohlbefinden steigern.

Mit den besten Grüßen,

Leila Emami

P.S. Für weitere Fragen zum Schreiben allgemein und zu meinen Schreibkursen dürfen Sie mich gerne kontaktieren:

Leila Emami Autorin, Bloggerin und Schreibcoach

E-Mail: leilae@online.de

Homepage: www.leila-e.de